王大智作品集

青演堂叢稿二輯 小說

論劍閣王殿

王大智

萬卷樓

這個世界
需要

重新理解
重新定義

寫在前面
（完稿於 2009年8月20日）

　　我不是學文學的，我是學歷史的。專業是美術史和文明史。美術需要觀察－觀察人的心理。歷史也需要觀察－觀察人的行為。因此，觀察是我的習慣。我透過史學，理性的紀錄這種觀察；透過文學，感性的紀錄這種觀察。如是而已。

　　人是一種生物，一種生命。只是人這種生命很複雜，很難觀察。我對於生命的觀察，集中在生命力這一方面；或者可以說，觀察生存意志；觀察生命在各種環境中，如何生存，如何求生。（看過《達爾文氏是吾師》那本書的人，大概對我這種論調，並不陌生）

　　因此，無論就史學還是文學而言，我的觀察都相當基本。學術用語上來講，我甘於做一種基礎科學工作。我認為基礎科學了解後，才能夠談應用科學。同樣的，對於人類生存意志了解後，才能夠談人類生存現象。

　　生命力或者生存意志，是我的小說主軸。我觀察各種生命的有力活動，爾後把它紀錄起來。然而，有力的生命，固然無所不在；無力的生命，也無所不在。那種東西，我就盡量不寫；如果寫，也不給予

正面地位。因為我認為，在非常廣義的價值上，有力就是善，無力就是惡。有的生命有力，有的生命無力。有力是最高層次的善，無力是最高層次的惡。那種惡，會毀滅個人，毀滅團體，毀滅物種。那種缺乏生命意志的無力之惡，是生物界中的最大之惡。

　　我寫一點文學，因為我對那種最高層次的善，有無限敬意。希望透過文學，讓比較多數的人，去想一想生命的有力與無力問題，進而了解生命。這種讓人想一想，即是我對社會的一種貢獻。任何人都是自私的，但是任何人也都可以透過某種方式，表現他無私的一面。文學寫作，對我來講，有這樣一種意義。

　　　　　　　　　　　　　　　　　　　　　　　　　王大智

目次

葛家哥哥那些事兒
（完稿於 2015年9月8日）

1

人的成長過程裡，都有一些難忘的回憶。那些回憶，可能雲淡風輕；可能看起來雲淡風輕，實則已是人格一部分。人的記憶很有趣。忘不掉的，大多都是雞毛蒜皮；忘掉的，有時候卻是刻骨銘心。心理學家說，記憶有選擇性；選擇忘掉，是因為不能承擔。其實，什麼事情會真正忘掉？大概都壓縮到潛意識裡去了。

今天要搬家，要正式搬到工作單位去住。箱子昨天就收拾好了。離開前的最後一件事，是把佩槍彈夾取出，確定彈夾沒子彈；拉兩次滑套，確定槍機沒子彈；然後，插回彈夾關保險。槍是剛剛領到的，還熱著呢。我把槍靠近鼻子，聞聞它的味道；正要放進背包的時候，看見房間角落裡，有個滿是塵土的小啞鈴。小啞鈴兩磅重，市面上沒有賣的。我拿起小啞鈴，身體有觸電的感覺，背脊上也發了一些汗。這種事，怎麼會長時間不復記憶呢？這不是小時候葛家哥哥送的麼？那時候，我只有小學三年級。

2

葛家哥哥叫做葛天鈞，比我大八歲。剛剛認識的時候，我叫他鈞哥，他表示有意見：「叫啥軍歌啊。你一吆喝，大家不都唱上了？」所以，我就開始叫他天哥了。

天哥長的很帥，像個電影明星。他說話的方式很奇特，聲音有情緒，但是臉上沒表情。長時間，我想到這件事就要笑。天哥總是有辦法讓我笑，可是他自己很少笑。他是個冷面孔，不大說話，酷的很。不過天哥跟我很能聊。他說，葛天鈞這個名字，小時候就是話題。有人以為他叫「葛天軍」，信基督教的。也有人以為他叫「葛天君」，信道教的。他費了不少功夫跟大家解釋：他的鈞是「劇力萬鈞」的鈞，表示有力量。結果，大家還是笑話他，說他得名字好氣派啊，好驕傲啊。後來他長大，就沒人敢笑他了。因為他真的力量很大，可以一拳砸爛個椰子！

天鈞這個名字，很有學問，是《莊子》那本書上的話。意思是循環不已，有警世的味道。除了我以外，天哥不跟別人講他名字來源。因為在這個社會上，有學問並不受重視。還是砸爛個椰子，容易讓人敬畏。他為什麼跟我說呢？大概看我是十歲小學生，「涉世未深」罷，不和社會上的人一夥。

天哥跟我，是樓上樓下鄰居。我住四樓，他在一樓腳踏車店工作。天哥不是真正店老闆，但是住在店裡面。天哥說，那叫做管吃管住，薪水可以給少給些。他還說，那是社會上的黑心事。實際上是讓

他晚上當保安，免得賊來偷；這一來一往，老闆佔盡便宜。不過，天哥是漢子，不跟人計較這些。他認為晚上安靜，關上店門，可以自己練身體。

說實在，我跟天哥做上朋友，就是因為他練身體。天哥在腳踏車店橫梁上，掛了兩根粗繩，上面栓著兩個鐵環。沒事的時候，他喜歡握著鐵環，把自己吊起來。他可以把手臂伸平，在空中擺一個十字形狀。還可以握著鐵環，在空中打轉，正面反面翻好幾個跟斗。我對他的表演，每次都看的眼睛發直。

這麼好玩的事，我當然也要試試。有一天，我吵著要掛在鐵環上。結果剛剛使勁，肚子就抽筋了。天哥把我抱下來，讓我撩著衣服，往我肚子上抹鬆筋油。事情就那麼湊巧。正在抹油呢，媽媽買菜回來。她氣急敗壞的跑進店裡，大聲嚷著：

「幹什麼哪？幹什麼哪？」

天哥什麼話也沒有說，把鬆筋油瓶子遞給我，擺了擺手，要我回家。媽媽把瓶子用力放在桌上，拉了我就走。我又哭又鬧，沒辦法把事情很快說清楚。只記得媽媽把我拖出去的時候，我回頭去看天哥。他背對著店門，也回過頭來看我。就這樣相對看一眼，我們就真正交上朋友了。是不是患難之交呢？可能有一點。畢竟我們都受了委屈，畢竟我們都有共同「敵人」。那個「敵人」，最後把事情弄明白了。不過，媽媽始終沒有承認錯誤，還打蛇隨棍上地罵我；說我不該去腳踏車店瞎混，不該吊在繩子上，不該讓人摸肚子。反正，就是不提天哥幫我治抽筋的事。媽媽的態度，對我很有影響；那一次以後，我沒事就跑到店裡，看天哥修理腳踏車。

3

照理說，每個人都有家。天哥總是住在店裡，他的家呢？他的爸爸媽媽呢？天哥不跟我說這些。後來，他說他都不記得了。怎麼會不記得呢？我也沒有多問，因為，我也會不記得一些事。比方說，五歲時候，跟媽媽去看恐怖電影。我記得那天穿新衣服，領子扎的難受；也記得看完電影，媽媽買冰淇淋給我。可是那部電影演什麼，完全不記得。所以，不記得事情，很正常。然而媽媽不這樣認為。自從天哥給我肚子抹油以後，她對於我們的點點滴滴，都問的很詳細。她還把我和爸爸叫到一起訓話：

「不讀書，一身肌肉。在腳踏車店幹活。哪裡來的都不知道。我看那傢伙是個危險人物。以後不准跟他講話，知道嗎！」
媽媽說完，狠狠瞪爸爸一眼，不知道是要他多管我，還是要他也不准跟天哥講話。爸爸沒什麼意見，媽媽說什麼，他都沒什麼意見。

媽媽就是這樣的人，就會噼哩啪啦的罵我。好像聲音大就能解決事情，聲音大就能把人壓制住。我已經三年級了，又不是三歲小孩，對我不講道理不行。何況，天哥那裡，有太多好玩的事情。不准跟他講話，偏要跟他講話！偏要跟他一起！他是我哥哥！更何況，媽媽沒辦法不讓我出去。因為，我在家會把她煩死。我出去了，她也不能管我去哪裡；因為，跟著我到處跑，也會把她煩死。

天哥在店裡工作，周圍全是機器。誰不喜歡機器？誰的玩具箱裡，不是汽車、飛機、機關槍？可是，那些玩具機器都是假的，天哥店裡的機器可是真的。不但是真的，它們還會發出一種金屬味道，可

好聞了。另外，機油的味道也很好。機油混合著金屬味道，就是天哥的味道。一聞到這種味道，就知道天哥來了。這種道理，媽媽怎麼會懂？她只會把自己弄得香香的。她不明白，香香的味道很膚淺。我十歲就知道的事情，她不知道。看來人長大以後，也不見得變聰明。

我到天哥店裡，並沒有打擾他。因為他可以一邊工作一邊講話。偶而，我還可以給他遞個工具。對於店裡的工具，我很快就弄熟悉了。除了一般的槌子、起子、刀子、剪子，我還認識不少專業工具。例如，老虎鉗、尖嘴鉗、端子鉗；活動扳手、套筒扳手、六角扳手。我沒有白學這些知識，我會給店裡做些小活計。天哥跟我要工具的時候，我會拿給他，並且不會弄錯。他要把鏽死的地方敲開，我就給他鐵鎚。他要把輪胎撬下來，我就給他木槌。拿工具給他的時候，他不說謝謝。好像從我手裡到他手裡，是很自然的事。我喜歡這種感覺，我喜歡他把我當成自己人。

至於說，把工具拿在手裡玩耍，那更讓人興奮。好像自己很了不起，好像自己有很大的力量。大概，就像是老師拿教鞭的感覺罷。不過，老師的教鞭只能打手心和屁股，或者把黑板打得啪啪響。我的那些工具；不，天哥的那些工具，嘿嘿，可是會要人命。話說如此，天哥唯一罵過我的，就是我拿著槌子到處揮舞。天哥說，那是沒經驗菜鳥做的事。有經驗的人，拿著工具要上下左右畫幾個圈，確定周圍沒有人，也不會碰著東西，才可以工作。我馬上把他的話記住，而且沒有再犯過錯。

店裡這些事，在學校也讓人受用。跟同學講一些工具名稱，看著他們的羨慕眼神，是很有趣的。當然，這對男生管用，對女生不管

用。女生不了解重要的事情，凡是她們不懂的，就回一句「臭男生」來應付。這對我沒有影響，我不會跟女生作朋友。想到女生長大，就會變成媽媽的樣子，我就頭腦發昏。我跟天哥說過這些，他不跟我說女生的事，他只跟我說工具的事：

「不要亂想女生。我做這行是為了吃飯。並且，我喜歡力量。金屬工具有力量，靠它們吃飯，人也變得有力量。」

「嗯。」我用力點點頭，表示完全同意他的力量說法。

「那你吃這行飯，辛苦不辛苦？」我拿起一個游標卡尺。

「自食其力很開心，不辛苦。腳踏車完全拆開，沒有幾十個零件。記住這幾十個零件，就可以有飯吃。有人讀書一輩子，也不過就是吃飯。那就有點辛苦。你記住了幾個零件啊？」

「沒幾個。腳踏車上，我只知道鍊條和飛輪。」我歪著頭說。

「記不住，就不是吃這行飯的。喂！你記鍊條和飛輪幹什麼？要去打架啊？」天哥要我給他一支打鍊器。

「你賺錢很多麼？」我遞上打鍊器。

天哥抹抹額頭上的汗。

「把鍊條尺也給我，在水盆的旁邊。錢麼，夠吃飯就好。人生要做點順性的事。例如，有力的活著！拿撬胎棒過來。」

天哥把一個輪子卸下來。我打翻了水盆。天哥笑了笑，指指牆上的油黑抹布。我懂他的意思，也笑了笑。一切都很自然，就像是自己人一樣。

晚飯的時候，我把天哥的吃飯理論講了講。爸爸夾紅燒肉的手，在空中晃悠兩下；然後，把肉放進嘴裡，低頭猛扒飯。抬起頭來的時候，皺著個眉頭。媽媽的反應就很激烈。她認為我不聽話，還去找天哥；還認為天哥佔我便宜，把我當童工用；還認為這樣下去，我會不

讀書，變成「黑手」。總之，就是沒說天哥的吃飯理論對不對。我昨天才學到「顧左右而言他」這句話，媽媽就是這個樣子。吃完飯，爸爸要去書房的時候，我拉拉他的褲子：

「爸爸。你力量大不大？你吃飯是不是很辛苦？」

爸爸沒有回答我，舒展開的眉頭，又皺了起來。媽媽不知道什麼時候冒出來。從後面揪著我的耳朵說：

「什麼吃飯理論？那是好吃懶做理論！」

這次輪到我皺眉頭了。

「是嗎？可是天哥從早做到晚，做多賺少，怎麼會好吃懶做呢？」

媽媽的臉色看來要發火，可是想不出什麼話罵我。

「不要跟你媽媽頂嘴。」

爸爸拍拍我的頭，算是給我一點教訓。

4

那次談到吃飯問題以後，媽媽跟我，對天哥的看法越來越不一樣。我尤其不滿意，媽媽說我是天哥的童工。那是我自願的事情，說什麼佔便宜呢？天哥教我太多事了。更何況，我還跟著天哥練身體呢。練身體這件事，是我認識天哥的最大收獲。

為什麼要練身體？讓我抽筋的鐵環，固然是誘因。天哥身上的肌肉，才是真正答案。天哥長的帥，人又強壯。一身肌肉凹凹凸凸，誰看了都眼睛發亮。我還知道，有些街坊沒事到店裡轉悠，其實是去看天哥兩眼的。如果說，讓我也有那樣的肌肉，真是死也甘心。我把練身體的想法表達了，天哥二話不說，馬上開講，做起師傅。他說練身

體不能著急，像他那樣，吊在鐵環上擺十字，至少要五年功夫。那我練什麼好呢？天哥捏捏我的大腿，又搖頭又歎氣：

「三盤大力法！」

天哥好玩的地方，就是會說一些奇奇怪怪的話。什麼叫「三盤大力法」？真的沒聽過。天哥講，做什麼事情都要講科學；修車要講科學，練身體也要講科學。人如果瘦弱，就要全盤加強；手粗了腳細，腳粗了手細，都是可笑的事。所以，要練「三盤大力法」。把身體分為上中下三部分，一部分一部分的練。

「這個好！先練上盤罷。我也要砸爛個椰子。」

「嘿嘿。練身體不是為了砸椰子，是為了作漢子。」天哥嘴裡講著，手裡沒閒著，拿過一罐黃油。

「真要練身體，要從下往上練。人身上，肉最多的是腿。腿有力，身體就有基礎。」天哥伸出手，我知道他要螺絲起。店裡用螺絲起開黃油，不用細緻工具。

「然後呢，要練腰。腰在中間管著上下。腰有力，身體就靈活了。」

天哥停下來，看著我。

「至於說手臂的力量，那最簡單。手不會太沒有力量，人人都要靠它幹活。想要力量大些，隨便練練就好了。桌子底下有個小啞鈴，給你了。自己做的，兩磅重。」

我在桌子底下，找到個零件改造的不鏽鋼啞鈴。

「作漢子可是辛苦，比修腳踏車辛苦。」天哥瞇著眼睛，慢慢的說。

我沒有理會天哥說什麼。拿著那個小啞鈴，聞它的味道。太過癮了，金屬加上機油。心裡的那個樂，真是難以形容。

就這樣。我沒事就舉小啞鈴，在店裡說話、遞工具、蹲馬步練「下盤大力法」。有時候，也蹲馬步把腰往後仰，練「中盤大力法」。我在學校裡有老師，在店裡也有老師。店裡的老師不收錢，教我練身體作漢子。沒事還給我個胡麻餅吃。

5

人和人的關係很微妙，一切都在緣份裡打轉。爸爸、媽媽、天哥和我四個人，在這種心理拉鋸中過了半年。半年時間，我的身體顯然有進步。強壯了很多。同時，因為在店裡看到很多機器，讓我對知識的好奇心大大增加。學校的功課，也變得有趣起來。我變得很好發問，對任何事情，都想知道為什麼。開家長會的時候，老師特別跟爸爸說這件事，認為我「開竅了」。然而，緣份是須要尊重和維護的。我們四個人的緣份，越弄越壞。

事情的起因，就是因為那個小啞鈴。一天中午，我邊吃飯，邊玩啞鈴。媽媽瞪著我，用少見的溫和口吻說：

「練罷。這麼小就練身體，以後長不高，找不到太太。」

「好哦。我最討厭女生。我是漢子。」

媽媽把筷子放下，吼了起來：

「我把你的啞鈴丟出去！」

我眼睛裡有淚水，扒光碗裡的飯，下了飯桌。那個小啞鈴，是我跟天哥的一種連繫，是我對另一個世界的想像。要把它丟出去？把小女孩的娃娃、小男孩的汽車丟出去，他們會有什麼反應？我沒有什麼反應，只是慢慢的走向大門。開門的剎那，媽媽一把拉住我，大聲問：

「你要去哪裡？」

她的聲音很嚇人，我小聲地回答：

「去找葛家哥哥玩。」

說完以後，我對自己都詫異了，沒有這樣叫過天哥呢。誰知道，這句話觸動媽媽哪根神經？她「砰」的一聲把門關起來：

「你說什麼？誰家的哥哥？那個姓葛的有家麼？那個破腳踏車店是個家麼？是你的家麼？」媽媽把臉孔貼近我的鼻子。

「你有兩個家是不是？你不要這個家是不是？把那個半大野孩子當哥哥，你眼睛裡還有我麼？」

說完以後，媽媽跑出去了，把門用力關上。隔著門，聽到她在外面嚷：

「我現在就去罵那個野孩子！」

然後，就是咚咚咚的下樓梯聲音。

事情發生後，我在家裡大哭一場，然後就生病了。我不知道媽媽下去罵了些什麼。只知道：太丟臉了，天哥會不會不理我了？這場病顯然是心病。不是嚇的，就是氣的。

6

生病第二天，是個週末。下午天氣很熱，爸爸媽媽去逛街，我在家裡「禁足」；一整天鬧彆扭不吃飯，讓我躺在床上沒力氣。床的對面，一台老電扇放在椅子上。電扇打開著，面向牆壁吹。我望著天花板，半睡半醒，聽著電扇轉頭的咔嗒聲。聲音雖然討厭，聽久了倒有些催眠效果。就在討厭的咔嗒聲中，我睡著了，做夢了。

那真是個奇怪的夢：太陽要落下，天空是漂亮的寶石藍。然而，

太陽始終沒有落下，反而越來越紅。慢慢地，寶石藍的天空變黑；整片的黑，圍著一輪深紅的太陽－好像月餅中間有個蛋黃。是太陽還是月餅呢？可以咬一口麼？真的咬了一口。口味很怪，完全不甜，苦的月餅。茶葉口味的月餅？我不喜歡這種口味，把月餅吐出去。哎呀。還是苦，越來越苦，苦味沾滿了全身，連呼吸都是苦的。

迷迷糊糊中，有了一些神志：我想起「禁足」，想起睡覺，想起電扇咔嗒響…但是，怎麼房間是黑色的？黑色中央，有一團紅色。黑色邊緣怪異扭曲著，紅色邊緣也怪異扭曲著－黑與紅互相鬥爭侵奪。最後，黑色輸了。紅色越來越大，越來越大！「砰」的一聲巨響，像是大門被踢破的聲音。我看見天哥的身形輪廓。他一把抱起我，什麼話也沒說，衝進怪異的顏色旋渦裡面。我看見了客廳，看見了歪在一邊的大門。然後，就是一片天旋地轉。只記得，唯一的光亮，是樓梯間裡的小窗格，在眼前混亂地晃動。我很想吐，叫了一聲「天哥！」就昏了過去。

醒過來，人已經到了樓下。天哥把我放在馬路邊上，仰面朝天。臉的旁邊，有很多鞋子快速移動。救火車的銅鐘叮噹響，一條大水管碰到我的身體。我注意到，水管自己蠕動著，像是一條大蟒蛇。把頭抬起來，看見煙霧，看見一台紅色救火車；周身有發亮的不鏽鋼邊條。救火車雲梯伸向天空，在陽光中閃閃發光。一個救火員拿著水管往四樓滋水，窗子立刻爆裂。水灌進我家，濃煙從窗戶裡竄出來。我想到那個蛋黃月餅，想到月餅裡面住著火龍怪獸。那個怪獸，在巨人族機器對它滋水的時候，從窗戶逃走了。

那是一場小火災。電扇插頭走火，燒著了椅背上的毛巾，燒著了

椅子上的膠皮坐墊。最後，燒著了壁紙。火勢沒有出我的房間，也沒有波及鄰居。也許，那個膠皮坐墊冒出的黑煙是關鍵，大家很快發現我家失火了。

這些事情，都是後來知道的，是從隔天報紙上知道的。原來，市政府剛剛配置了德國救火車。剛到的救火車，能夠派上用場，當然很有新聞性。所以，那天救火車來的時候，還跟著一批記者。我這個小苦主，就成了採訪對象。我當時早就嚇傻，哪裡說得清楚什麼？後來，記者發現天哥救了我，立刻轉移目標，把天哥當成英雄，追著問長問短。天哥不喜歡別人圍著他。趁著救護車來的時候，也跳上救護車，送我去醫院做檢查。他跟記者擺擺手，把車門關上，就像一個真正的英雄一樣。

隔天的報紙上，有救火車的照片，還有一張天哥的照片；他正在救護車上揮手。照片底下，標榜天哥「見義勇為」。表示社會上，需要多些有正義感的人。最好笑的，是報紙上說爸爸媽媽是「迷糊蛋父母」－老舊電器不知處理，差點釀成家庭巨災。那天晚上七點鐘，爸爸媽媽才逛街回來。在樓梯口，街坊就把他們截住，七嘴八舌的講情況。爸爸一臉不知所措，媽媽驚慌的問我在哪裡。我躲在二樓張奶奶背後，把頭伸出來，看見爸爸提著三個快餐盒。

大概是沾了救火車的光，社會上，對天哥救我有些回響。里長把這件事呈報上去。沒有幾天，警察來了，消防隊來了，記者也來了；要送一面小錦旗給天哥。錦旗上繡著「義行可風」。沒有上款，下款署名消防警察大隊。天哥知道送錦旗的事，立刻腳底抹油，一天不見人影。只表示要急著採買零件，謝謝大家了。這樣處理事情，也合乎

里長的想法。腳踏車店的黑手，會講什麼話？重要場合，還是官方人士多表現較好。結果，消防警察致贈錦旗的時候，由里長接受了錦旗。對於天哥沒有出現，里長機巧的打圓場：

「下一次，咱們再送他一面『為善不欲人知』的旗子罷。」

大家哈哈一笑，也就曲終人散。那面錦旗，最後掛到里長家牆壁上去了。

7

按理說，這個小火災，應該有利我們四個人的緣份。事實上，卻不是如此。爸爸倒是主動去看過天哥，送了一些水果，謝謝他救了我的小命。媽媽呢，絕口不提這件事，也不再提天哥名字。好像，這個人消失了一樣。我想，那種心態就叫做尷尬。尷尬就是沒有面子。有些人不能沒有面子，尷尬的時候，不但不知檢討，反而認為自己失了面子，時時要找機會扳回來。我沒有辦法處理媽媽的尷尬問題，我有自己的問題。原來，那天以後，我常常咳嗽，呼吸時候，胸部有點痛。去醫院照過 X 光片，醫生說，那叫做「吸入性嗆傷」。慢慢會好的，多休息就是了。

照過了 X 光，又是一個週末。我們全家出去吃晚飯，吃的還不錯。自從小火災後，爸爸有時間就帶我們出去玩，算是補償。吃完晚飯，九點多了，我們散著步回家。走到樓梯口，我看看天哥的店。店門已經關了，裡面沒有燈光。爬到了三樓，聽到四樓上面有一點聲音。媽媽小聲問：

「聽到了嗎？有人在上面！」

到了轉角，爸爸清清喉嚨：

「是誰啊？」

過了轉角，我看到天哥站在那裡，正要往下走，手裡拿著一包東西。

「你要幹什麼？」媽媽提高聲音。

「欸。怎麼這樣說話呢？葛先生，有事麼？」爸爸出聲了。

「你要幹什麼？你手裡拿著什麼？」媽媽大聲說。

什麼意思呢？又怎麼得罪媽媽了？她的話，我完全聽不懂。

「你是不是進我們家了？是不是偷東西？把你的包包打開！」

這次我聽懂了。媽媽說天哥是小偷，說他進我們家偷東西！我沒有說話，我不知道說什麼好。我沒有生氣，也沒有不生氣。腦子裡一片空白，在樓梯間坐下，背對著他們三個人。耳朵裡面嗡嗡響，聽不清楚他們又說了什麼。對面牆上，有一隻蜘蛛，掛在絲線上，緩緩地往下落。我的心，也跟那隻蜘蛛一樣，緩緩地往下落。

媽媽說話又快又急，對門叔叔出來了，樓下也有開門的聲音。媽媽似乎看見幫手一樣，把天哥是小偷的事，又大聲說一遍。爸爸推了媽媽一把：

「你這樣隨便猜測，是毀謗人家，當著別人…是公然侮辱的。」

毀謗，侮辱這些法律字眼出現，媽媽收斂了。但是她的聲音，沒有變小。

「好。讓你說！你說，你跑到我家來幹什麼？」

我坐在樓梯上，回頭看天哥。他看看我，看看爸爸，一副不想說話的樣子。我知道天哥的脾氣，吃軟不吃硬。不過，他沒有來過我家，也沒有上過樓，我也想知道他上來的原因。

「我這兩天咳嗽，胸口也疼痛。想看看小朋友，是不是也這樣。有點擔心他。」

天哥抬著頭，看起來很高大。他看著牆壁，一個字一個字繃著講，聲音冷到極點，有說不出的不屑。頭頂的電燈泡，照著他半張臉，現出奇異的光影。

「啊。謝謝你，他是有點不舒服，跟你的情況一樣。照過片子了，應該很快就好。你去醫院看了麼？要不要進來坐坐？」

爸爸一面說，一面看著鄰居，表示他對整件事情的看法。但是，媽媽對她的看法，是不肯退讓的。她邁上一步台階，搶到天哥前面：

「你把包包打開，我看看是什麼？」

天哥沒有理會媽媽，逕自走下四樓。走過我身邊的時候，他把那包東西放在我膝蓋上：

「給你一袋梨。我咳嗽吃這個管用，你也試試看。」

天哥沒有再看任何人，一個人往下走，消失在三樓轉角，只有腳步聲，迴盪在樓梯間裡面。

8

第二天清晨六點，警察到我們家。因為有街坊報案，說是鬧小偷。這個場面，由爸爸出面。說了很多好話，表示一場誤會，麻煩跑了一趟。警察很認真，下樓以後到處看，還敲了腳踏車店的門。天哥打開門，跟警察談了幾句話。警察走了，天哥把門關上。看起來，一切恢復正常，一天將要開始。

但是，那個敲門的動作，又讓街坊有興趣了。我七點上學時候，看見幾個人，圍著一個記者，對天哥的店指指點點。記者怎麼會來

呢？後來才知道，有些記者沒事到警察局「蹲點」。警察知道的，他們都知道，這樣才跑得出社會新聞。天哥的事，可有新聞價值啦。一個剛被封為英雄的人，幾天之內就成了賊，怎麼會沒有新聞性？那個記者聽大家說了一會兒，臉上有為難的表情：

「這個事情，沒根沒據的。況且人家都說清楚了嘛。」

「欸。那可不一定。人家不一定說實話。說不定有隱情。」街坊甲說。

「什麼隱情？」記者問。

「這個我們哪裡知道，這不是你們記者的工作麼？」街坊乙講。

「真會捧人。我也不能編故事啊。」

「會不會，上次火警時候，那個修車的，藉著救火去探門路？然後…才好下手？嘿嘿！一定是這樣！」街坊甲講著，回頭看街坊乙。把嘴咧成反過來的 U 字，表示他已經「破案」了。

「這倒是個故事啊。哈哈。你來幹記者罷。」

聽他們講話，我實在忍不住。上去就給那個「破案」的，小腿上一腳。那個傢伙齜牙咧嘴，一臉詫異。記者則把腰彎下來：

「喲。上次那個被救出來的小弟弟。說說看，怎麼回事？我採訪你！」

我滿臉通紅，氣的說不出話；結果，狠命踩了記者一腳，用盡力氣喊道：

「你們是壞人！你們是王八蛋！王八蛋！」

對一個小學生來講，也就只會這樣罵人了。罵完之後，當然是撒丫子的跑。我跑得很快，只聽到，後面幾個人罵著：

「莫名奇妙！」

「哪個學校的？」

「疼死我了！招誰惹誰了我？」

9

那天傍晚，我從學校回來，天哥的店還是關著。我在四樓陽台，正脫著鞋。一眼就看見天哥，提著兩個皮箱，過了半條巷子，快要轉上大馬路了。我拉開喉嚨叫他。天哥回過頭，遲疑了幾秒種，還是把箱子放在地上。

我把書包丟下，衝出大門。在樓梯間裡，感覺到天旋地轉，就像那次火災時候一樣。只是，那次有天哥在旁邊。這次沒有了！再也沒有了！我又跑又跳的到了二樓，忽然一腳踏空，在樓梯間裡摔個狗啃泥！各種委屈，一下子爆發了。天哥要我作漢子，結果，我還是像女生一樣嗚嗚哭起來。好不容易到了樓下，我伸手抹眼淚，發現手上都是血。一臉的眼淚和一嘴的血，混在一起。我很害怕，拼命叫著天哥，一拐一拐的向他跑過去。我知道，到了他那裡，我就不害怕了。

跑了幾步，天哥看見我臉上的血；他踢倒了一個皮箱，也往這邊跑過來。到了天哥身邊，我抱住他的腿，放聲大哭。

「天哥，你不要走！他們好壞喇！他們好壞喇！他們為什麼這樣對待你？為什麼這樣欺負你？天哥我喜歡你。你是我哥哥！」
我像發了瘋一樣的喊，把心裡所有感覺，用簡單的幾句話重複著。天哥蹲下來，要我張開嘴，看我的牙齒。然後，看我的手腳關節。

「鞋呢？怎麼只穿一隻鞋呢？」
我哭得更大聲了。我從來不知道，穿一隻鞋，那樣讓人傷心。天哥沒有安慰我，拍拍我的肩膀：

「沒有什麼事。漢子不容易摔壞。」
他用一貫的好笑語氣說話，就像以前一樣，就像沒有發生過任何事情

一樣。我沒有笑。在這樣極端的情緒之間，我擺盪不過來。

「為什麼大家都不喜歡你？為什麼他們都這麼壞？」

天哥把我拉到旁邊的花壇，要我坐在那裡。他把兩隻皮箱抬過來，也坐下來。

「他們是不喜歡我。不過，他們算不上壞人。他們都是好人。」

「天哥，他們這樣對你，你還要替他們說話？」

我抹抹下巴上的淚水。

「說他們是好人，並不見得是好話。我總是避著好人。」天哥講話有點曲折，和平常不大一樣。

「漢子要避好人？」我哽咽的說著，想要多聽聽。說不定，這是我們最後一次說話了。

「是。漢子不怕壞人，漢子怕好人。你看電影裡，那些做仗義事的，哪個怕壞人？但是，幫了好人以後，哪個漢子最後不離開？他們不能跟好人繼續相處，好人容不下他們。不自己走，就會給想法子逼走。」天哥直視著我，語氣很堅定。

我聽不懂。但是腦子裡，出現了夕陽下、月光中，俠客們漸行漸遠的身影。

「有一次，你媽媽下樓來罵我。那時候，我就知道該走了。這裡容不下我。我作什麼好事，都會給街坊說成壞事。」天哥看起來很嚴肅。

「為什麼容不下你呢？為什麼不喜歡你呢？」我停止哽咽，皺著眉頭問。

天哥沒有正面回答我。

「好人天性膽子小，害怕有力量的東西。跟膽子小的人來往很困難。他們相信強就是壞，弱就是好。不相信一個人可以又強又好。不相信好人壞人之外，還有一種人叫漢子。」

我聽得更迷糊了。我從來沒聽天哥這樣說過話，我從來不認為天哥是有學問的人。他不是修腳踏車的麼？

「天哥，我不明白。我喜歡你。我不要你走。」我又開始想哭。

「不要哭哭啼啼。你趕快回家罷。看你這個樣子，別人又要說閒話，說我們打架呢。看到嗎？鞋都打掉了。」

我噗嗤一聲笑出來。畢竟是個孩子，分別的傷感，竟然被鞋子問題沖淡一些。

「天哥，我們還會見面麼？」懷著最後的希望，我小聲問天哥：

「我不知道。不再說了。聽話。我走，你回家吃飯！」

天哥輕輕推我一把，下了「回家吃飯」的命令。

月亮出來了，兩個「漢子」站起來，朝著相反的方向走去。只是一個走了，一個頻頻回頭；回頭的那個，回家以後沒有吃飯。

10

天哥的離開，讓我有說不出的複雜感覺。那種感覺，不適合我的年紀。似乎是，一種籠統的悲哀和憤怒。悲哀和憤怒的對象，是人性麼？是這個好壞難以分辨的世界麼？書上不是這樣說的，老師不是這樣講的。一個十歲的孩子，想不清楚這些。

小啞鈴上的浮土，已經被我摩挲乾淨；是個改造過的不鏽鋼零件。我走進浴室裡，打開水龍頭洗手。抬起頭，看見鏡子中，有張堅毅的臉孔。靠近那張臉孔，逼視著它的眼睛，似乎有個十歲小孩，躲在後面。

　　擦乾淨手，走出浴室。把小啞鈴放進背包，把佩槍也放進背包。我深深吸了一口氣：警校畢業了，二十二歲了，就要代表社會正義，去「保護好人，打擊壞人」了。到了新單位，我會把啞鈴和佩槍放在一起。每天擦拭，用力擦拭。記憶回來，就不讓它離開。人的記憶有選擇性。這一次，我可以承擔，我選擇好好記住。

　　單位的車子要來接我，箱子和背包都放在門口了。午後的陽光有些刺眼，我戴上太陽眼鏡，打開背包往裡看。只見黑色佩槍輪廓模糊，小啞鈴發著閃閃地光芒。

　　車子來了，我提行李上車。不知道為什麼，那個背包，似乎特別沈重。

後記

　　幾年以後，我「巧遇」天哥。在警察局的檔案中，發現天哥給關起來有段時間了，罪名是黑社會老大。我很想去牢裡看他，問他這個黑社會老大的罪名，是怎麼回事。是有委屈？是沒有委屈？是始終躲不過好人？還是周旋在壞人裡，活得比較簡單？不過想歸想，我並沒有去看他。因為，答案也就是那麼幾個。無論答案是什麼，也沒有多大差別。他還是天哥，我心裡的漢子，好人壞人之外的，另一種人。

典獄長姓范
（完稿於 2012年7月17日）

　　我們有一個固定的聚餐。每個星期五晚上，大家都會在老蔡家裡見面。說是在家裡親切，實際上，這樣固定的吃喝，對我們這種苦哈哈的人來講，有一點負擔。不過，大家還是會各自帶一點東西去吃。至於酒麼，就由每人輪流出錢。

　　說實在，再好的朋友，每星期聊一個晚上，也會把話講完。這個餐會可以長期維持，主要是因為有「李董」參加。李董開個熟食小鋪，滷味的問題，他可以負責。至於那些滷味，是不是過期的，是不是他賣不掉的，也就沒有人過問。因為，李董除了可以提供滷味，他還可以提供「談助」。「談助」聽的懂嗎？這個辭彙很古雅，其實就是閒磕牙。他的「談助」真的很多！一開口就講不停！李董雖然賣滷味，年輕時有點學歷的；所以，很會講話，講話很動聽。並且，他被關過十二年，講的事情新鮮。關十二年是好聽的說法。也就是說，他被判過無期徒刑；十二年假釋。被關過這件事，大家都沒有意見，畢竟幾個六、七十歲的老傢伙。什麼沒見過？至於他講的事情，是真是假，也就是當故事聽聽，沒有人認真。消遣麼。「談助」麼。下面的故事，就是李董的「談助」之一。

·························

典獄長姓范，那是沒有問題的。至於說他的名字，沒有人敢提，犯忌諱。久而久之，也就沒有人提。或者說，被大家忘掉了？也說不定。

范典獄長是個特別的人。怎麼特別呢？看起來就特別。一般和監獄有關的人員，在他們進入這一行時候，就有一種傾向。他們也很暴力，至少不怕暴力。有這種傾向的人，長得也會和一般人不同。不是滿臉橫肉，就是滿身肌肉。看起來和人犯沒有很大差別。這種事情也是沒有辦法的，一物剋一物嘛。如果沒有這種長相，怎麼管得住人犯？但是，范典獄長不同。他長的斯文，細皮白肉；講話也斯文，輕聲細語－罵人的時候，像跟情人說話一樣。一般來講，這種典獄長，不容易受到尊敬。管不住人犯，也管不住屬下。不過，范典獄長不同，他有一套！他的那一套，人犯沒皮條。既然人犯沒皮條，屬下也就沒話說。那一套他那裡學來？沒有人知道。所有與犯罪相關的書籍裡，絕對沒有那些東西！那些東西，若不是神明傳授，做惡夢夢到，沒有其他可能！

監獄很像軍隊。人在裡面，要過嚴格的制式生活。那裡不是人過的生活，畜生過的？畜生也過不下去。佛經裡不是說嗎？三惡道是畜生、鬼、地獄。監獄很像地獄，不但畜生過不下去，連鬼都要在裡面受苦。軍隊？軍隊我知道的不多。去問有經驗的人罷。

典獄長來的第一天，就到各處去巡一下；回來後，立刻召集幹部

會議。在會議上，他當場流下淚來。

　　「苦啊。怎麼生活這樣苦？這樣苦，好人也要變成壞人了。」
幹部們面面相覷，不知所措。搞什麼啊？典獄長啊。管人犯的啊。看
來他是個菩薩心腸的善心人士呢。范菩薩？那種地方不需要菩薩。他
們叫他「飯桶」！那些嘴巴刁的，還叫他「飯團」－準備給人捏罷！
典獄長大名立刻傳開，連人犯都知道來了個「飯團」型「飯桶」！無
論是「飯桶」還是「飯團」，典獄長都不在意。或者他不知道？不會
的。他就是那種人啦。叫他「飯桶」，他還給你盛碗飯！叫他「飯
團」，他還讓你咬一口。善良麼。菩薩麼。

　　隨著時間過去，典獄長對監獄的狀況越來越清楚；可以說，瞭如
指掌。但是，他了解越多，臉上的痛苦表情也越多。有人看見他對人
犯搖搖頭，也有人看見他對幹部搖搖頭。他每次搖頭之後，就倒背著
手，在監獄的中庭裡踱方步。有時候，人犯在那裡放風，他也在那裡
踱方步。幹部警告過他好多次。危險啊。不要和人犯近距離接觸啊！
這裡關的都是暴力重刑犯！殺人不眨眼的！

　　「重刑犯？不是人嗎？」
有個幹部說，他發誓典獄長說這話時，眼睛裡又有淚水打轉。

　　終於！典獄長不能再忍受人犯所受的待遇了。他要改變！他要人
活的像個人，哪怕是犯罪的人。他召開了好幾次會議。會議的核心，
自然是犯人教化事項。本來在監獄裡，教化問題很簡單：武的就是打
罵，做體能；文的就是讀書－看一些比打罵、體能還令人受不了的
書。但是，典獄長是個慈悲的人，他是把人當人看的。例如，一次會
議的議題是：如何強化思想教育。典獄長開頭就講：

　　「監獄的功能在改變人犯。改變，就是頭腦的改變。如果頭腦沒

有改變，行為不會改變。如果只有行為改變，那是騙人的，是裝出來的。時間一久，就會故態復萌。」故態復萌？幾個程度差的管理員看來看去。他們的語文水準，並不比人犯高明多少。

「重視人犯的實際需要，進而改變他們的氣質。羞辱他們，折磨他們，是沒有用處的。這就是我的獄政理念。」沒有人搭腔，典獄長接著說：

「做事要有方法。談方法麼，都要從學術上入手。」
典獄長慎重的講。

一天晚上，大家正在看電視。看電視很重要，那是監獄裡面和外面的重要溝通管道。忽然，幾台電視一起發黑，沒有畫面了。一個一定要看棒球的，首先開罵。

「怎麼回事？影響外面的賭盤喔。」
「對啊。怎麼回事？」一個小個子附和。
「喂！學我講話？死一邊去看韓劇！」看棒球的大聲說。
大家正準備起閧，擴音器裡出現典獄長的甜美聲音。

「各位。從今天起。外面的電視節目一律停止。我們在這裡，不要再受到社會的污染了。社會上亂象多…」
話沒有講完，一個角頭看看大家。

「社會污染？我們怕社會污染？我們不是專門污染社會的嗎？」
幾個圍著他的人哈哈笑起來。那個角頭微笑著看他們，確定他的笑話很好笑。有一個沒笑的，立刻被打了頭。懂嗎？讀書人一定有學問，角頭講笑話一定好笑。不笑？把你打到笑！

電視畫面回來了，開始播放卡通片。那個看棒球的不停喊「幹」。角頭和棒球沒有什麼交集。他看看賭棒球的，抬抬右邊眉毛。

「啊！米老鼠啊！好好看。好好笑啊。啊哈哈。喂！幹！笑啊！」

有人又被打了頭。不過，大家又鬧又笑沒有多久。因為，米老鼠演了兩個鐘頭。而且，自此以後，電視沒有任何其他節目。每天晚上必看米老鼠，強迫看米老鼠。後來，大概是管機器的人偷懶，同樣的米老鼠影集不斷重播，重播到大家都會背劇情。我說劇情了嗎？說實在，哪裡有劇情？卡通片哪裡有劇情？就是不斷的摔跤、撞頭、踢屁股、捏鼻子…這些東西，本來滿適合監獄裡的一些白癡。不過，監獄裡並不是全部白癡。那些不是白癡的看到要發瘋，然後，白癡也要發瘋。但是，娛樂一定要有。監獄裡沒有娛樂，聽說觸犯法律。娛樂時間，人犯全員到齊！

就這樣，固定的幾集米老鼠變成唯一的娛樂。娛樂時間，本來大家很盼望，結果弄到人人怕娛樂。有些不是白癡的很憂心。他們怕這是一種洗腦。以後大家的智商都和米老鼠一樣，講話和動作，也都和米老鼠一樣。他們的顧慮有道理；因為，大家的眼神真的漸漸有改變，好像老鼠一樣。有一個人犯，在看了幾個月米老鼠之後，走路都跟米老鼠一樣。最後，那個傢伙被單獨關一間。獄方怕那種怪異的肢體動作，會有傳染性。就這樣，監獄和外界的重要管道不見了。人犯們，進入了米老鼠的世界；進入了米老鼠的精神世界。

自從電視被米老鼠攻佔以後，閱覽室忽然地搶手起來。原來有部分人犯，是根本不進閱覽室的；他們認為看書會變笨。但是自從米老鼠電視看多以後，他們的想法改變了；他們認為，與其漸漸變笨，也比一下就成為智障好。事實上，他們變得極度需要閱讀！你想想，滿腦子老鼠唧喳亂叫，還不發瘋？讓一些其他的東西霸佔腦子，成了一

種享受。

　　閱覽室的熱門，典獄長注意到了。他對於閱覽室，本來就很重視。他認為，閱讀是重要的教化工具。雖然閱讀很傳統，但是典獄長不是食古不化的人：閱讀就是思想改造嘛，幹什麼非要閱讀文字呢？為了這個問題，他在幹部會議上，發表了講話。

　　「各位，你們注意到人犯喜歡閱讀了嗎？這是一種很好的變化。對於閱覽室，我們要關心。這是我們的下一步重點。你說說看，我們的人犯都閱讀些什麼？」典獄長隨手一指。

　　「有一些中外偉人傳記，還有政治的，法律的，哲學的，歷史的…」一個被點名的組長，懶散的回答。

　　「好了好了。這樣不行。」典獄長客氣的搖搖手，打斷他。

　　「那些東西，你會看嗎？我都不想看啊。要知道關在這裡的，都是暴力重刑犯。我們要了解他們的需要。他們根本就沒有讀過什麼書，大部分小學畢業。你要他們出獄後變成學者、律師？還是偉人？這種閱讀的方式太陳腐了，甚至可說是陳腔濫調。閱覽室根本不發揮作用，純然的形式主義。」

一個年紀大的，抬頭看著典獄長。是很特別的人啊。很少看過政府官員這樣…講話反體制的呢。

　　「請問典獄長，那麼，人犯應該看什麼讀物呢？」年紀大的問。典獄長很高興有人附和。

　　「當然是合於他們身份的書，他們看的懂的書。」

　　「那麼，對於思想教育這件事…」

典獄長眼睛發亮，他最喜歡談思想。

　　「思想一定要注意。他們來這裡，就是要變化氣質，改造思想。將來回到社會，成為一個有用的人。至少，是一個純潔的人。」

有一半打瞌睡的人醒了；他們沒有聽清楚，典獄長的最後一句話。純潔的人？幾個睡眼惺忪的交頭接耳：那個「飯桶」說，要把暴力重刑犯變成純潔的人？

「再請問典獄長。什麼書適合他們，又可以把他們變成純潔的人？」這一次，年紀大的問得很仔細。

「漫畫書。以他們的程度，當然是漫畫書。」典獄長有一點興奮。另外一半打瞌睡的，也醒了。這次，大家沒有交頭接耳。大家都盯著典獄長。那個年紀大的，張著嘴巴，好像看見什麼怪物。

幹部會議的第二天，閱覽室仍然人滿為患，連地上都坐著人。擴音器裡，響起典獄長的甜美聲音。

「各位。進修是最好的事情。又可以增加知識，又可以陶冶心性。看見各位這樣對閱覽室善加利用。我真是…滿心歡喜。不過，各位在這裡受苦，應該閱讀什麼書呢？什麼書適合大家程度，並且可以因為閱讀而產生歡喜心呢？這件事情，我們正在規劃，一定給各位提供最好品質的服務。請各位拭目以待。謝謝。」
有人罵了一聲「伊娘啦」，把一本精裝《六法全書》丟向擴音器。

「電視看米老鼠！」
那個丟書的，原來在鄉下殺豬賣私肉。現在，他連《六法全書》都已經看到〈公務人員退休法施行細則〉部分。他把書撿回來，繼續看下面一章－〈公務人員撫卹法〉。

也許和殺豬的丟書有關係，也許沒有關係。一天早上，閱覽室原有的書都不見了！書架上都是漫畫米老鼠！典獄長沒有食言，他的確注意到書的品質；那些漫畫都是進口的原版米老鼠。那天下午，人犯進入閱覽室後，真是鴉雀無聲；真是有人吞口水都會聽見。一個胖

子，胖到脖子後面有三個摺痕；三次把人手砍斷。他拿起一本米老鼠，嗚嗚的哭了起來。一個手臂刺青，一直刺到手指尖的；走到胖子後面。拿過來那本米老鼠，要把它丟在地上。忽然，他發現，他的手指在發抖，刺青也在發抖；抖的很厲害，抖到別人都看見了。

「媽的。我中毒了。這本米老鼠有毒！」
刺青的聲音有點淒厲。沒有人理他，但是有人深深歎氣。書本上當然沒有什麼毒。大家都很明白刺青的為什麼發抖。幾個平常走得近的，圍著桌子坐下來。他們坐得很緩慢，坐下後，也沒有說話。

「他們要來陰的了。」房間角落，有人小聲的說。

看漫畫這件事，人犯有了警覺心。但是，人犯的心思，不是獄方的心思。閱覽室出現新規章。為了確實增進閱讀效果，閱覽成為強制性的活動。每個人犯必須一天在閱覽室裡一小時。時間可以選擇－閱覽室牆壁掛上了打卡鐘。另外，每個星期，人犯必須繳交一篇 500 字的閱讀心得。如果不肯繳交，下一星期，就要增加閱讀時間至兩小時。如果心得寫的很差，就要由人犯相互輔導，寫到令人滿意為止。關於閱覽室裡的活動，一切舉措有模有樣。典獄長對於這些事情很內行。他對於怎麼教育人，有他的理想。

這個監獄，的確關的都是暴力重刑犯，都是殺人放火的傢伙。他們體格壯碩，孔武有力。進到監獄裡，比誰的膀子粗，絕對很關鍵性。人犯為了在裡面維持體格，為了出去後繼續殺人放火，都不斷的練體力。除了簡單的健身設備，被幾個大腳色把持以外，大家都知道利用房舍的各個角落，努力健身。像是用樓梯做伏地挺身，用廚房水缸練舉重，用浴室屋頂水管做引體向上，等等。所以，被關一次監獄，就會有一些長進。除了道上的朋友加多，使壞的招數豐富，另

外，就是肌肉量會增加－絕對大上一圈。這些都是長進，都是出去以後的本錢。所以，道上的，喜歡把關監牢叫做「出國進修」。

　　一個星期六，練身體這件事情也出問題。問題出在一個瘦弱的小腳色身上！那個小腳色因為瘦小，受欺負，每天努力健身。他最喜歡用浴室水管吊單槓。那一天，他大概運動過頭，或者運動有成？身體長胖？總之，他硬生生把水管拉斷！小個子的肚子，被水管劃開一道口子！水嘩啦啦的從屋頂往下灌。血嘩啦啦的從肚裡往外冒。那個場面，不用講了。小個子撿回一條命。但是，事件必須檢討！監獄裡暴力也就算了，還這樣的見血！典獄長去看了小個子好幾次，有傷心的樣子。他沒有處罰小個子；可是，他絕對不允許暴力，絕對不允許流血。典獄長花了長時間思考。他認為運動是絕對必要的，問題是如何運動？在什麼時間地點運動？為了這個問題，幹部會議又召開了幾次。

　　因為小個子出事，監牢裡的健身設備停止使用了。運用房舍的各個角落運動，也絕對禁止。理由是那樣運動太粗糙，太危險。解決的辦法呢？考慮每天早上人犯點名後，開始跳舞，跳土風舞。

　　跳舞不是簡單的，典獄長特別找了跳舞專家來開會。專家認為跳舞很專業：各種舞步如何分類，都有國際標準。然而，在跳什麼舞這件事上，獄方有意見－典獄長有意見：為什麼肚皮舞不是土風舞？為什麼草裙舞不是土風舞？

　　「肚皮舞是阿拉伯人跳的，草裙舞是夏威夷人跳的。這個我知道的很清楚。它們都很有地方色彩。土，就是有地方性。風，就是有風格有特色。不是這樣嗎？為什麼肚皮舞和草裙舞不是土風舞？」

這就是典獄長；什麼事情都可以講得清清楚楚，有條有理。那個跳舞專家，當然也很堅持自己的意見。說不是這樣分類的啦，沒有這樣分類的啦。結果，話越說越僵。在監獄這個小水池裡，也是官大學問大。最後，跳舞專家氣的離席而去。典獄長氣的站著發抖。這時候，大家才明白，如果談學問，典獄長就變成另外一個人。如果挑戰他的學問，典獄長就變成另外一個…很會生氣的人。

典獄長真的氣了很久，大約氣了一個星期。一個星期後，他宣布關於運動問題的結論：每天早上，運動兩小時。人犯在大禮堂跳舞；跳肚皮舞和草裙舞。就這樣，因為典獄長賭氣，一群殺人放火的傢伙，開始跳舞，跳那種…。這一段，就不要再說了，好嗎？反正那種難堪、難看…算了，人都應該有一點惻隱之心，即便是對五大三粗的暴力犯。

這件事情，沒有讓人犯再起鬨。他們的反應很保守，因為，任何白癡和非白癡，都看出事情有玄機；都看出獄方有一種動作。什麼動作呢？人犯也會討論，人犯也有會議；蹲在地上討論的會議。
「就是要把我們當小孩來管！」少手指的，激動地講。
「不對！要把我們變成小孩！」少兩根手指的，冷靜地講。
人犯們互相看著。典獄長，要把我們變成小孩？有點摸不著頭腦！
「不只如此！還要變成女人！」一個平常不講話的講。
大家轉過頭，看著真正管事的人犯老大。老大沒有講話。老大很深思，只是眼神有點空洞；想不出來什麼。如果和獄方對幹，他很拿手。但是，米老鼠和跳舞？這種事情，不在他的鬥爭經驗裡面。
「我不要變成小孩！」一個頭皮有刀疤的，尖聲尖氣地講。
「我不要變成女人！」一個臉上有刀疤的，細聲細氣地講。

管事老大歪頭看他們。奇了！這種講話方式「娘」的很，很少聽到啊！難道，這兩個，已經變成小孩和女人？還是，變成米老鼠？

「這算是什麼運動！根本就是不讓我們運動，巧立名目說跳舞！幾個月下來，肌肉就要消失！這才是他們的目的，懂吧！」一個專門討債的說。

現在搞暴力討債，不比從前。討債的會用腦，還會跟當事人要發票呢。表示他們是受委托辦事，合法的啦。不過弄到最後，當然還是暴力相向。所以，肌肉對他們來講，是生財工具。槍？討債都拿玩具槍的啦。哪裡可以打死人？打死人就討不到錢，跟鬼去討嗎？

「也還好啦。跳肚皮舞、草裙舞可以練腹肌啦。以後你不要討債，可以去做舞男。」有人冒了一句。

話講的很毒舌，但是沒有人笑。有人偷偷看著自己的胳膊－想像著手腳變細，只有腹肌的模樣。老大還是沒有講話，他還在想小孩、女人和米老鼠的事情。

「這樣下去，真會瘋掉。」有人說。

「他們會不會…就是要把我們逼瘋？」平常不講話的講。

大家看著那個不講話的。為什麼呢？這樣瞎整，難道是…什麼機密實驗？

「我早說過，他們要來陰的。」角落裡有這樣的聲音。

老大站起來。走到人群之外，又回轉過來。

「他們，要把我們的尊嚴搞掉。」他慢慢的說。

是這樣嗎？要把人的尊嚴搞掉？要把人的尊嚴搞掉，還是要把人犯的尊嚴搞掉？人犯不是人嗎？不是說要把人犯當人看嗎？這些問題，人犯不知如何解釋，典獄長不需要做任何解釋。他是一個善良的人，他要幫助人犯，要把壞人變好人。更何況，他很忙的。除了監獄

的事情，他還忙其他的事情。典獄長要以獄為家。很多值班幹部，晚上半夜一兩點，還看見典獄長的房間窗戶，透著燈光。

典獄長忙什麼呢？原來，他在著書立說呢。典獄長寫書這個事情，大家不會知道。怎麼知道的呢？原來有個做雜役的人犯，早上到典獄長房間倒垃圾。他在垃圾桶裡發現一大本「書」－一大本影印的稿件；上面有典獄長名字。既然是垃圾嘛，當然是不要的，當然可以看。書的封面上，只有三行字。第一行寫著「初稿」，第二行寫著「撰述者：范某某」。第三行，寫著書名：《非暴力世界－論人格改造的具體辦法》。

那個雜役，有大專程度，所以才可以做雜役；負責幹部房間的清掃工作。他和所有雜役一樣，和所有人犯一樣；或者說，和所有人一樣－對於高高在上者，充滿好奇心。典獄長寫的書？怎麼可以不看！他隨意翻開那本書，一眼就看到米老鼠三個字！他向前翻了幾頁，找到那一個章節的開頭。仔細的閱讀起來…

第二章　第二節　米老鼠與其相關問題

米老鼠是什麼人創造的？一般人都以為是美國的卡通大師華德・迪斯奈。（Walt Disney）事實上，迪斯奈只是提供了一個想法；他有一隻小老鼠，他想把它變成卡通角色。那隻小老鼠叫做「莫特莫」。（Motimer）但是迪斯奈的夫人不喜歡這個名字，結果，在 1928 年改成了「米奇」。（Mickey）至於說，米老鼠是誰畫出來的？那個真正的創造者叫做伍伯・艾沃克斯（Ub Iwerks）。直到 1967 年的加拿大蒙特婁國際動畫展，這個事實才被發現，才還給伍伯－艾沃克斯應有

的榮譽和地位。〈註釋十九〉

　　米老鼠雖然是卡通人物，但是它在文化上有其意義。中國有一句話「近朱者赤，近墨者黑」。〈註釋二十〉在人的兒童期，以任何方式接觸米老鼠，都會形成兒童較為和善樂觀的個性。甚至，延長兒童期的時間；讓兒童一生中保有和善樂觀的個性。這個問題，放在成年人身上，亦是如此。長久接觸米老鼠，可以矯正成人的各種偏狹、扭曲觀念，以至改變其人格。這種人格改變的形成，基於米老鼠的性格與魅力：第一，老鼠本是一種弱小的生物，已經在人格上偏狹、扭曲的成年人，（偏狹、扭曲，即是精神病象徵）接觸米老鼠之後，會產生保護弱小的心態，甚至認同米老鼠，進而認為在社會上做一個弱小的人，並沒有什麼不妥。這種心理轉變，是改變人性中逞兇鬥狠成分的樞紐。（逞兇鬥狠，亦是精神病象徵）第二，老鼠卡通化之後，有一種滑稽逗笑的性格。而滑稽逗笑，更是和逞兇鬥狠相背離的社會行為。暴力份子的特色，就是缺乏滑稽逗笑的本領，如果暴力份子能夠滑稽逗笑，那他就不是暴力分子。…

　　那個雜役用鼻子冷笑一聲，噴出一點鼻屎；沒有看完，就可以知道大致意思。
　　「媽的！把我們當成神經病。」
他合起書，看了看封面，再特別翻到目錄那頁，找找有沒有關於肚皮舞和草裙舞的章節。結果，真的有！那個雜役支起耳朵，聽著四周的動靜；發現幹部宿舍很安靜。乾脆舒服點！他坐在地上，靠著桌子腿，翹腳繼續看下去…

第三章　第三節　土風舞與肚皮舞的特質和功用

　　肚皮舞（Belly Dance）的阿拉伯原名是 Raks Sharki。它的起源說法很多，有說起自於埃及，有說起自於阿拉伯或者奧斯曼帝國－是皇室後宮中的舞蹈。至於草裙舞，（Hula Dancing）它起源於大溪地，爾後傳播到夏威夷。大家認為草裙舞是夏威夷的舞蹈，是錯誤的觀念。傳說中，最早那是宗教祭典中的女巫舞蹈。〈註釋三十七〉

　　無論肚皮舞和草裙舞的起源如何，這一東一西，一文明一野蠻的舞蹈，都是煽情的舞蹈；是女人挑動男人情慾的舞蹈。它們都是強調髖部（臀）的運動，含有強烈的性暗示。這種舞蹈男人可以跳嗎？在今天男女平等的時代，沒有什麼不可以的。並且，在人類社會中，男人與女人，向來有覓食與養育的角色分配。如果男人跳女人的舞，可以調整、平衡男女之間的功能與地位。〈註釋三十八〉

　　至於說，有暴力傾向的成年男人，如果長期跳肚皮舞、草裙舞，更是對於導正其個性偏差，有明顯作用。簡單敘述如下：暴力傾向與內分泌和腦部放電作用有關。這個問題的解決，除了藥物治療以外，傳統治療方式，多半採取激烈的壓制手段。例如十九世紀末，有將病人置於水中，在其將要溺斃之時，精神狀態或會恢復正常。二十世紀早期的大腦切除手術，更是強制醫療方式的典型。但是，強制的方法總是不人道，也長時間受到爭議。我的研究證明，在一封閉隔離環境內，（例如監獄）調換男女的社會角色，男性暴力份子的行為便會有改變。（因為封閉隔離而造成的行為改變，是暫時性的，還是如達爾文所謂的永久性基因突變，還有待繼續觀察）肚皮舞和草裙舞是最為

典型，最有女性求偶意味的舞蹈。這種男女角色、覓食求偶角色的互換，顯見影響男性暴力份子的內分泌與腦部放電。這是形式改變內容、行為矯正心理的很好醫療例子。（參看圖表十五）

這一次，那個雜役沒有再冷笑，他笑不出來。很清楚啊！遇到瘋子了！典獄長是瘋子！走廊上傳來了腳步聲音。雜役把那本草稿，輕輕放回垃圾桶，拿起雞毛撢子，開始撢桌面上的灰。

垃圾桶事件之後，「遇到瘋子」的聲音，開始在監獄裡裡流傳。典獄長的威嚴，也在垃圾桶事件後，漸漸建立。只是，他並不清楚，為什麼忽然有了份量？他更不清楚，為什麼會因為是瘋子而有份量？無論如何，自此以後－不管人犯或幹部，沒有人再叫他「飯桶」或者「飯團」。典獄長身邊，出現一個保護罩；大家對他越來越客氣，也越來越疏遠。畢竟，很難猜測啊。一個瘋子被叫「飯桶」、「飯團」，會有什麼怪異的反應？會有什麼怪異的報復？

至於說，那本書既然是個「初稿」，它還有沒有「二稿」「三稿」？當然有！這個事，也是那個雜役發現的。畢竟，偷看典獄長寫的書，實在太有刺激性，太有挑戰性。在監獄這個既不刺激，也無挑戰的地方，那種引誘，什麼人受得了？只是，跑到典獄長屋內去偷看，真的風險很大。所以，根據雜役的說法，他再也沒有坐在地上翹腳看了。他都是蹲在垃圾桶前面看，隨時有風吹草動，可以很快把書扔回垃圾桶。所以，「二稿」「三稿」部分，他看的零碎，也沒有跟其他人說的必要了。

· ·

　　李董那天喝得多，講得也多。雖然故事離奇，沒有人離開、睡著、或者插嘴；但是，也沒有人相信他。

　　「好故事。」

老蔡喝乾了杯中酒，搖搖第二瓶 1000 cc 金門高粱。

　　「你不相信？是真的！那就是我被關的監獄！」李董酒意顯然很重。

　　「沒有不相信。我只是說，好故事。」

　　「什麼好故事？是故事就是假的。我講的可是真的！」李董抓了幾顆花生米，丟進嘴裡。臉紅得很厲害。

　　「好！往下說！」老蔡也抓了幾顆花生米，丟進嘴裡。

　　「告訴你！他那本書，什麼《非暴力世界－論人格改造的具體辦法》，可是經典啊！裡面怪招多得很！後來，聽說出版很…有賺頭。許多學者、政界人士都得到啟發咧。壞人都變好人…咧。」舌頭有點大了。

　　「鬼扯－！欸。你們都聽他的？沒有人硬槓？」

　　「嘿。典獄長搞積分點數！不犯錯、不鬧事，沒用！他那一套的…每項都有點數，每個月計算。點數不夠，就不能減刑假釋，繼續…蹲著罷。」

　　「喔。這個厲害，不是鬧著玩的。」

　　「什麼鬧著玩的？還餘興節目咧。玩真的－！每個人都被整的…七暈八素。」他一仰頭，乾了一杯！結果，把酒倒進衣領裡去了。

　　「他別有用心！他…別有用心！他是個讀書的。別有…用心！我一眼…就看出來！」

李董講著講著，放在桌子上的左手，漸漸垂下。右手抓了一些花生米，想丟進嘴裡，結果，丟到耳朵後面去了。

　　「喂！那本書裡還有什麼怪招？那個雜役是不是你？那本書是典

獄長出版的？還是被你偷出來，被你出版了？」老蔡想配合李董，再講兩句酒話。

「都醉了，都醉了，不要講了。」有人說。

「我們那個監獄，假釋的很多喔。很多無期的…都放出來了。只是…回籠的也不少。」
李董聲音越來越小，閉著眼睛繼續講。

「在外面，還是暴力犯？」

「不是，不是暴力犯…說也奇怪，全部，清一色的詐欺犯！可能，那個監獄裡出來的，米老鼠看多舞跳多，個個滿臉笑容腰身軟…所以，搞暴力不適合，做騙子比較恰當…」
李董張開眼睛。咕咚一聲，栽到桌子下面去了。

　　我們的聚餐，開始有點變質。大家都認為人老了，不要喝太多酒。像李董那樣亂喝、亂講，早晚會出事。那天他說的故事，非但沒有人相信；並且，很快就被忘記了。不過，那次聚會以後，大家對他拿來的滷味，倒是打潛意識裡有了問號。大家都怕，他的滷味真是過期的，賣不出去的。

烏面將軍來牽線
（完稿於 2010年2月8日）

　　真正的兄弟，沒有省籍問題。這件事，很多人都不知道。以為社會上有本省掛、外省掛，碰到一起就打架。事實上，各掛的衝突，都是因為地盤問題，也就是錢的問題。沒有兄弟會為了省籍問題衝突。同時，兄弟之間都有交情；扯到祖宗十八代，一定會有關係。在「求財不求氣」的最高指導原則下，所有與錢無關，可能引發衝突的事，真正兄弟都盡量不碰。大家都知道，人脈會變錢脈，沒有人要自找麻煩。小胖是外省人，後來入了外省掛。但是，他變成黑社會，卻是因為一個本省角頭。

　　小胖那年十四歲，初中二年級。他從小就胖，但是身手靈活；還加入學校各種體育隊。小胖不喜歡讀書。在民國五十幾年，外省小孩不讀書，父母都喜歡威脅他們，說要送軍校。但是這招對小胖沒有用，因為他總是說「好ㄟ！他們的衣服神氣ㄟ！」小胖一個表哥告訴他，體育健將在軍校吃香；而且，軍校的亮釦子制服，沒有馬子受得了。小胖對這件事信以為真！他憑著柔道隊和拳擊隊的經歷，覺得去軍校一定有搞頭。至於表哥的話有沒有根據，誰也不知道。不過小胖每次說「好ㄟ！」的時候，眼睛都很雪亮。這種氣勢，很能把他父母

唬倒。畢竟送軍校是隨便說的，只要經濟上還可以，哪家父母真的願意送？在那個反攻復國時代，作軍人，…不是開玩笑的。

　　因為體育隊的關係，小胖在班上是特殊份子。他很多課都沒有上；坐在教室裡的時候，則多半睡眼惺忪。每天操練身體，也真的是需要睡眠。老師對於小胖，也不願意管太多；畢竟他替學校抱回一些獎牌。而學校的業績和校長的表現，這些獎牌佔不少分數。再加上，以十四歲而言，一七五公分身高和七十七公斤體重，令很多老師也不願意找他麻煩。

　　同學對小胖的觀感，和老師們差不多。有時候，班級後面出現一個昏睡的巨人，對大家影響不大。但是，班上有幾個人不甩小胖。那幾個人以扁頭為首領。扁頭是個瘦長個，講話又快又急，有點結巴。他喜歡指使人，在班上以老大自居；最喜歡做的事，就是把班長叫過來，用本子打他的頭。不過，扁頭之所以這樣囂張，是因為他們的「團隊」中，有一個小黑。小黑真的又小又黑，但是，他爸爸是「十八厝」角頭。

　　那天中午，小胖練完舉重，回到教室。同學大部分在午休，少部分在講話。小胖到教室最後面，排好三張椅子，平躺下來睡覺。一般來講，如果下午第一節課他還沒醒，就有可能睡到五點。對於運動「明星」而言，這是他的特權；老師和同學，也都習以為常。但是那天中午，該當有事。大約一點二十分，小胖被一陣乒乒乓乓的聲音吵醒，他沒有在意，準備繼續睡。接著他又被一陣貓叫聲吵醒。那種聲音不大，但是細細尖尖。一陣一陣的貓叫，讓小胖沒辦法再睡。他有點生氣，閉著眼睛坐起來。

「死貓弄出去啦！」

貓繼續叫著。小胖張開眼睛，看見扁頭他們那一批人，把阿鴻按在地上。阿鴻有小兒麻痺症，平常要用兩支 A 字拐杖走路。他家裡沒有錢，他父母說，以後有錢要給阿鴻裝鐵架義肢，他就可以不用拐杖走路。阿鴻常常跟同學說這件事，好像以後會有鐵架義肢，是一件驕傲的事。好像以後有鐵架義肢，就不再是殘廢。

「喂！你們幹什麼！」

小胖發現，像貓一樣叫的是阿鴻。扁頭他們把阿鴻按在地上，還用力扭他的手。阿鴻完全不能動，並且因為驚嚇過度，叫得像貓一樣。小胖感到莫名的怒氣，走到阿鴻桌子前面，彎下腰去，要把阿鴻拉起來。

「肥豬！管閒事啊！」扁頭瞪著小胖。

「走開啦！閃啦！」小黑揮著手，態度很兇狠。

小胖完全醒過來；被吵醒的怒氣，莫名的怒氣，被人兇一頓的怒氣，全都加在一起。他抓住離他最近一個傢伙，橫出一記掃腿！轉身抱住小黑，使了一記大外割！一片嘩啦啦的聲響；兩個人和桌子椅子摔成一堆。小胖轉過身，面對扁頭；虛晃一記刺拳，接著 hook 加 uppercut！把扁頭打在地上。

「欺負人？欺負弱小同學？」

地上的三個人，不干示弱，幾乎同時跳起來，衝向小胖。他們三個人和小胖扭成一團。小胖很從容，當成是平常對練一樣。一肘打中小黑頭頂；然後抱著扁頭後頸，用膝蓋狠撞他的肚子。兩個人又倒在地上，這次他們都爬不起來。第三個人踉蹌退後，歪倒在一個睡覺同學身上。小胖抬頭，看見級任導師站在窗外，露著半張臉；他看見小胖，又很快的縮回去。

　　地上的兩個人痛苦呻吟，應該是傷到了。小胖過去扶阿鴻，粗聲粗氣的說：

　　「幹什麼跟人家打架啦！」

　　「我哪裡有？他們跟我收錢！以前也有很多次，現在他們說每個星期固定收！我哪裡有跟他們打架！」阿鴻很委屈的說。

級任導師走進教室。

　　「你們幹什麼？造反啊？你們兩個！到保健室去擦藥！其他同學，把桌椅擺好！」

級任導師走到講台中間，把課本用力摔在桌上，好像很生氣的樣子。

　　「怎麼回事？為什麼打人？」

　　「報告老師，他們跟弱小同學收錢！他們在外面還混不良幫派！」

　　「胡說八道！惡人先告狀！明明是你打人，還要誣賴別人。什麼不良幫派？你不可以胡說八道，破壞學校名譽！」級任導師很快的打斷小胖。

　　「報告老師！是真的！我剛才…」

　　「你不要說了！做人要講道理。同學們！同學們！要講道理對不對？是不是看見他打人啊？」

　　「報告老師！真的弱小同學受到欺負。…」

　　「你給我到垃圾桶那裡罰站！」

小胖沒有去罰站。他直勾勾的看著級任導師。

　　「老師你就是有的處理，有的不處理就對了。老師你怕壞人，就欺負好人。」小胖拿起書包，背起來往外走。

　　「忤逆！」

級任導師還罵了一些話，小胖沒有注意聽。他覺得那個老師，不值得

他尊敬。那個老師根本就是膽小怕事；還要擺威風來遮掩。以十四歲的孩子來講，小胖比較成熟，有自己的想法。

小胖走出教室。看見那三個被揍的人，有兩個站在走廊上；小黑不見了。小胖逕自走過去。經過他們的時候，扁頭說：

「你慘了。沒命了。」說著，從褲子裡掏出一支彎彎的香菸。小胖把那隻菸拿過來，叼在嘴上。

「不要客氣。隨便孝敬別人，不是很好的習慣。」扁頭沒有講話。

小胖走出校門，把菸丟掉，順著馬路慢慢走回家。他喜歡走有路樹的那一段。每經過一棵樹，他就會揮幾拳，或者，抱著樹幹，做一些摔法動作。對於今天的事，小胖根本沒有放在心裡。…忽然，他看到小黑！

小黑站在馬路對面的一棵樹下，旁邊有五、六個人；看起來都比小黑年紀大。

「就是伊！」小黑在馬路對面大喊。那群人，立刻向馬路這邊圍過來。他們腳上的木屐，啪啦啪啦響，很有點震撼力。小胖腦子裡只有一件事。跑！他估計可以跑得掉！

對方不是省油燈，小團體作戰很有經驗。他們過到馬路一半，就分成三組：兩個往小胖前面跑，一個往小胖後面跑；其他人，直接對著小胖來！小胖知道，他們有點職業性；跑不掉了。小胖沒有害怕。他把武術動作拿出來，向前跳了一步，利用一個大馬步煞車。轉過身，衝向那個跑到他後面的。

「是不是你？是不是你先上？」小胖大聲喊。聲音比他在場上比賽時，還要大！

那個人，原來要堵小胖後路；他分配到輕鬆事，神經沒有繃很緊。小胖選他下手，嚇他一跳！那個人一愣，小胖一把抓住他，把他按在旁邊牆上，對他的臉連揮四、五拳！小胖看見那個人的鼻子流血。

「誰！誰是下一個？是誰？是誰！」小胖的叫聲像瘋狂魔鬼，他的眼神，也像瘋狂魔鬼。

攻擊停頓了。戰術成功了。那個鼻子流血的傢伙是上一個！誰是下一個呢？沒有人要做下一個！大家沒有仇恨。打人是工作，賺的是辛苦錢。輕易的受傷，則連下次工作機會都沒有！這是「羅漢腳」的悲哀心聲。很多人都不知道，但是小胖知道。

小胖動手後，時間停止了三秒鐘。小胖明白，要利用這關鍵的三秒，讓這個情境維持下去。他現在絕對不能跑。如果跑，這個情境就會破功；事情就會從頭開始。其他人會從後面追他，他沒有機會。

「沒有人上？很好！叫你們老大來談判！回去講清楚一點！」小胖把那個被痛打的人放下，惡狠狠的瞪每一個人，沒有遺漏任何一個。然後，慢慢地走開。這時候，小胖有了緊張的感覺。他走過一個，走過兩個…走過最後一個。對方沒有動，沒有人追過來。…看看對街，小黑還站在那裡；他也沒有動。

「叫你們老大來談判，不要忘記！忘記的沒種。」小胖又補一句試探一下。他要確定，肢體暴力已經結束；下面，只會有語言暴力了。

小胖走了十公尺，後面傳來各種奇怪動詞和形容詞的叫罵。對街的小黑，更是髒話連篇。

「好！沒關係！今天晚上讓你往生！」對方撂下狠話。

小胖沒有理他們。他知道「輸人不輸陣」的道理。這些叫罵，沒有什麼意義。小胖練武很多年，他的肢體暴力很中性，不受情緒影響。教練說過「被激怒的是笨蛋，不會有好表現」。對小胖來講，語言暴力根本不是暴力。

村子的設計，很有階級性。前面幾排是飛官，後面幾排是地勤，再後面，住了一些其他村子遷來的陸軍。基本上，飛官和地勤少來往，地勤和陸軍不來往。但是陸軍和飛官們，卻有說有笑。一個眷村而已，裡面的爾虞我詐，也是很可觀。當然，那是大人的事。眷村小孩，大家都還不錯。因為，他們要團結一致，對付圍牆外面的世界。

小胖走過飛官那幾排，兩個男孩跟他打招呼。走過地勤那幾排，一個小女孩叫他「胖哥哥」。小胖走到村子最後面，大水溝旁邊，看見一窩小狗。母狗閉著眼睛躺著，幾隻小狗「嗷嗷」的叫，伸著舌頭擠來擠去搶奶頭。小胖蹲下去，摸摸母狗。母狗抬起頭，動了動尾巴。小胖用手指頭戳一戳小狗，然後，一隻一隻地戳一戳。叫他「胖哥哥」的小女孩，不知道什麼時候來了。她蹲在小胖旁邊，抱起一隻沒有奶吃的小狗，放在她的小圓臉旁邊。

「乖乖喔。等一下媽媽給你吃奶奶。」小女孩閉著眼睛，輕輕的搖著小狗。

小胖和小女孩，還有那一窩小狗，混了一個下午。中間有幾個孩子走過來。他們對小狗的興趣，沒有那樣大。小胖回家的時候，已經快六點。

　　七點鐘，前面幾排的小三來了。他把小胖叫到門外。

　　「出事了！外面的八點鐘來圍村子。你做了什麼事啊？」小三皺著眉頭。

　　「打了『十八厝』的。」

　　「嘎－！你還真帶種咧！不管那些啦。我跟你講，外面的下午就放話，說一定要把你找到。否則不會走。」

　　「來啊。沒有關係。」

　　「不要鬧了。我們不會讓他們進來，也不可能讓他們把你帶走。…跟你講，人已經找了。」小三神秘兮兮的看著四周。

　　「搞什麼嘛。我自己會處理。」

　　「不要鬧！這是村子的事情。」

小三拉著小胖往巷子後面走。小胖發現巷子盡頭有兩點火星。

　　「小胖，柱哥和剛哥。」

　　「你們沒見過吧？他們是二村的。」

　　這兩個人應該過了二十歲。小胖沒見過他們，但是聽過他們。他們不是所謂「太保」，他們是幫派的。

　　「柱哥，剛哥。不要了啦。謝謝。這樣弄得很複雜，說不定最後警察憲兵都來，連累很多人。我今天，是把他們打得很慘。有一個被打到鼻子流血。為什麼打？就不要說了。就是那麼回事。」

　　「ㄟ！小胖！這是村子的事情ㄟ。他們會有三個村子的人來，他們都是不怕連累的…」

　　「真的不要了。我可以處理。我個性就是這樣。我會解決。」

柱哥沒有說話。

　　「我們是好意。也不是多管閒事。我們也聽說你身手不錯。但是，今天你一定會吃虧。會吃大虧。」剛哥很平和的講。

「謝謝你們。好漢做事好漢當。好不好？」小胖也很平和的講。

「你這麼堅持，那我們走了。」

那兩個人走了。小三把小胖埋怨得要死。說他會被打慘；這樣兩邊都得罪了；又說他聯絡得很辛苦，沒有把他當朋友。小胖低著頭，聽他講了半天。

「是八點鐘來嗎？」小胖問。

八點鐘，村子門口圍了一群大孩子；小黑和扁頭也在裡面。經過門口的大人，停下來，多看他們幾眼。這群大孩子不敢更靠近。他們是來打架的，但是，他們沒有看到對方人馬。

「準備來談判了嗎？我準備好了。」小胖一個人，出現在村子門口。

「你們的人呢？」小黑到處張望，怕會遭暗算。

「我一個人就夠了。要去哪裡？不要在這裡。」

小黑回頭看看。這個場面不是他預料的。他不會處理。

「去我們廟口。」有人這樣講。

「好啊。怎麼樣都好。」

「蠢豬。」扁頭向小黑擠眉弄眼，低聲的說。

「走！」小胖施發號令，好像他們的頭一樣。

廟口是「十八厝」的地盤，是「十八厝」的發跡地方；那是清朝的事。從村子到廟口，有四個紅綠燈。中間經過小胖學校、憲兵隊、菜市場和夜市。小胖個子大，腳程快，走在最前面；小黑跌跌撞撞，勉強和他走一起。在昏黃的路燈下，好像七爺八爺帶著一群遊魂出巡。經過菜市場，很多人都看小胖，以為他是哪裡來的「少爺」，帶著兄弟逛大街。也許是這種氣勢，一路上沒有出事。如果有事，小胖

真是一點辦法沒有。

　　廟口是老人才講的名詞－其實它就是夜市。所謂廟,是一間烏面將軍小廟。最早,夜市靠它聚人氣;後來,它靠夜市有名氣。廟口,原來應該是指廟和夜市的中間地帶。現在,這個中間地帶越來越小;夜市有把廟「吃掉」的趨勢。看起來,以後,廟可能會跑到夜市裡面去。
　　「你給我站住!這裡不是你隨便來的!我是這裡的『少保』!」小黑氣喘吁吁的喊。
小胖不知道什麼是「少保」,也不重視什麼「少保」。那群「跑」在後面的傢伙,陸續趕到。這裡是他們的地盤,是老大的家門口。他們圍著小胖,一面強打精神,擺出各種兇狠的樣子;一面咳嗽、拍胸脯,喘著大氣。

　　小胖望著廟裡面。裡面很小,可以直接看到後進。他看見幾個人在泡茶,大部分人坐在樹樁小凳上。一個精瘦個子,躺在躺椅上;和小黑一樣黑。小黑跟那個人講了半天。那個人好像很不耐煩,一直推小黑,似乎小黑打擾他飲茶。說話當中,「幹」聲不斷。他是「黑馬來」!「十八厝」這一代的真正老大。

　　「黑馬來」真是黑!所以他叫做「黑馬來」。有人說他根本是馬來人,才會那麼黑。他佔據烏面將軍廟,有人很服他,說他是烏面將軍轉世。所以說,一個人在社會上真是有運氣問題。誰會想到臉長得黑,竟然還會是發跡條件?「黑馬來」靠賭起家。因為他有廟,做事總是要講神明,不能亂來。所以他的賭場,還算正派。當然,拉人來賭,賭輸借錢,不還收帳…這一套還是有啦。更何況,前面就是夜市

和菜市，那裡面的人，愛賭的很多。「黑馬來」說他的廟主財庫的方面。所以，夜市和菜市的人在他那裡，賭完了拜，拜完了賭。做角頭不簡單，不要以為他們只是惡勢力；商業算盤打得很精！

「黑馬來」真的很生氣！因為小胖這一攤事情，他完全不知道。小孩子打架，他不會管的！但是，當著客人，他兒子竟然跑來說他的人被打，打人的人還在外面要和他談判！他氣得要命，氣他兒子不懂事。怎麼辦呢？不處理不行唷！客人都是縱貫線來拜碼頭的！

「有問題嗎？我們替你打他！」一個縱貫線的講話很豪氣，但是眼神裡露著心機。

「黑馬來」抬抬眼皮，心裡嘆口氣。難搞！沒有好東西！他把雙手反插著腰，搖搖晃晃的走出去。他看見小胖被大家圍著，看見有賣橘子的，賣花的，賣煮花生的，賣金箔紙的，賣…

「甚麼事情啦！這麼多人，很難看啦。走！走！到廟的後面講話。」

大家都擠過一個小窄門，到廟的後面去。幾個縱貫線的也跟著，準備看熱鬧。小窄門後面有一塊空地。

「什麼事情啦！」「黑馬來」臉皺到一起，伸出一隻手抓頭皮，打了一個呵欠。

「他打我們的人！」小黑搶先講。

「為什麼打人啦。」「黑馬來」繼續打呵欠。

「他們向殘障同學要錢，我是主持正義。他們還派很多人在路上堵我，衝過來打我。我只是還手而已。」

「黑馬來」啊了一聲，把呵欠吞回去，還差點咬到舌頭。心裡想，夭壽！又是殘障，又是要錢，又是正義；你在我的廟裡講這些；還有外

人在，我的面子放哪裡？「黑馬來」狠狠瞪了小黑一眼，小黑不知道怎麼回事。

「外省仔！你住哪裡？」

「一村。」小胖大聲的回答。

「喔！一村。一村我有熟啦。有一個王上校，機場的，愛喝酒。住在前面！有熟啦。」「黑馬來」又打了一個呵欠，不過，這次有點假。

「這樣啦。他們跟殘廢同學要錢。錯！但是，要到了嗎？沒有嘛！那你也打他們啦！對不對？平手！」「黑馬來」慢慢的講，剛才那個呵欠，好像給他了一點靈感。

「他們堵你，有打你嗎？有打到嗎？你說他們衝過來？ㄟ！少年ㄟ！你怎麼知道他們不是要過來給你『酥一下』？給你 kiss 一下？啊？」「黑馬來」看了看大家，眉毛抬了兩次。他覺得這個「酥一下」很有神來之筆。一個站在後面的小鬼，「噗哧」的笑出來。

「對不對？沒有打到你嘛！誤會嘛！那你說，你把我們的小朋友打到滿臉血，怎樣講？人家很可憐了咧！家裡沒有錢咧！不像你家『吃頭路』啊。人家家裡都是『賺吃的』啊！你把人家打成那樣，要不要賠醫藥費啊？可憐啊，說不定弄到破相啊，說不定失明啊！啊？」「黑馬來」還是兩手反插著腰，但是把肚子挺起來，顯然對他的一番「講道理」，十分得意！

「我沒有錢。」

「黑馬來」是厲害，幾句話就把小胖講得沒話說。小胖一直覺得他有理！現在，他好像才是做錯事的人。「黑馬來」娓娓道來，沒有一點破綻。

「喔。你不兇了喔？你不是要跟我談判嗎？你要不要跟我到派出所，和警察伯伯一起談判啊？還是說，你給我寫一張借據；我先借你，

你去陪人家醫藥費，以後再還我啊？」「黑馬來」的本領顯露出來。
小胖低下頭，知道惹錯人了。但是，他並不慌張。

「我沒有辦法賠錢。也不要去派出所。我讓你們打！打到你們高
興！」小胖抬起頭，鼓足了勇氣看著「黑馬來」。

「呵呵！這個外省仔趣味！有膽！有看到沒？學一點！否則以後
沒飯吃，飯碗都要被他們外省仔捧去！」「黑馬來」笑得很開心。不
知道是被小胖逗得開心，還是對「談判」的結果開心。

「好！就是等你這句話。打你不屬害，你讓我打，我才屬害。有
聽懂嗎？」
小胖沒有聽懂。但是，他忽然對這個角頭，很有好感。他覺得，這個
人處理事情的方式，對他的胃口。接著，小胖想到級任導師，在窗外
縮著頭的樣子，…他覺得，那個人，…真是倒胃口極了。

「看你這一型，以後也會走江湖路的啦！沒有錯啦。」「黑馬
來」的話又軟又硬，又打又拉。可惜他沒讀書，只是一個角頭。

「這樣！我這裡有…一共九個人。大人不算的啦。每個人打你五
拳頭，用力打，他們才會心平起來，氣消下去。九五四十五。你願意
嗎？」
小黑開始興奮。他感到在那群狐群狗黨裡，很有面子。他阿爸真有辦
法，讓所有人都可以狠揍小胖。他們精力過剩，就是要打人！

「我只打那個人五下，你們打我四十五下，那不可以打頭！」小
胖對這個他喜歡的角頭，開始像小孩對長輩一樣講話。

「嘿－。你還要砍價哦。傷腦筋！人家有流血哪。好啦，不打
頭。喂！聽到沒有？不要打他的頭啦！」

一個胖子先過來，他比小胖還胖，剛才也跑得最慘！他對準小胖
肚子，上去就是一拳。小胖肌肉一緊，橫膈膜一抖動，哼了一聲。這

個動作，在中國武術中很神秘，叫做「金鐘罩」「鐵布杉」什麼的。其實，它有科學的原理和解釋。小胖對這些防身招式，已經熟練到像反射動作一樣。胖子繼續又打了四拳，小胖一一承受。「黑馬來」有一點詫異，驚奇的看著小胖。眼睛瞪得很大。

那天晚上，就是這樣過去。小胖肚子上挨了四十五拳。他根本不痛，不過回家發現整個肚子都黑了，一個多月才恢復。小黑他們，當時過足了癮，神氣得不得了。可是想到小胖不怕打，又有點心慌。第二天，他們就買了一包菸給小胖；改口叫他胖哥。

後來，小胖因為其他的事，和柱哥、剛哥又見了面。最後，他還是加入他們；並且，很快有了人馬，有了名號。至於那個角頭「黑馬來」，小胖拜他做了義父。有事情就去請教他。「黑馬來」則常常跟他的朋友說，烏面將軍替他收了一個兒子。那個兒子，有神功護體。

論劍閻王殿
（完稿於 2008年3月27日）

　　濕冷的下午。除濕機，轟隆隆亂響。早就該修理。但是…經費有
點拮据。

　　閻羅王伸著懶腰，發出難聽的聲音。他的筋骨，開始發酸。牛頭
馬面，互相看了一眼，小心伺候著。他們知道，這個時候很容易出
事。上次，閻羅王傷風，就連吃兩串炸小鬼。

　　「把那個機器給我砍了！」

除濕機停止轉動，被牛頭丟出大殿；正好砸在值班無常的腳上。無常
沒有說話，伸了伸本來就很長的舌頭。這種倒楣事，地府常常有。政
府官員，一個壓一個。哪裡都一樣。

　　「這麼冷！啊啊…混帳！屋頂還滴水！」閻羅王大聲咆哮。

　　「報告大王。我找人來修！」馬面跪下磕頭。

　　「算了吧！你付帳？」閻羅王伸手亂揮。

　　「自從那個洋鬼子叫尼采的！說什麼上帝已死！弄得西方東方的
鬼神都頭疼！」閻羅王吹了吹鬍子，上面有一滴水。

　　「沒有人相信鬼神，就沒有人奉獻銀子！層層節制，處處控管！
弄到我們經費也受打擊！潮濕！漏水！沒有暖氣！簡直不像一級機

關！牛頭！」閻羅王暴喝。

「小的在！」牛頭腿抖得不聽使喚，竟然跪不下去。

「那個混帳尼采在哪裡？」

「報告大王。那個傢伙在帝釋天那裡。」

閻羅王用力拍著龍椅扶手。

「什麼！」

「在帝釋天那裡！那小子上天堂享福？」

「報告大王。也不是這樣說。因為他罵上帝，罵得有點道理⋯啊！大王恕罪！不是有道理。是罵得很有點⋯很有點造成效果。信上帝的人少多啦。所以嘛，就把他弄上去，實地考察一番。同時，也做一點公關。請他以後，不要再罵啦。影響神明世界的生計。」

「可惡極了！那個帝釋天就會做好人，搞公關！尼采根本就應該綁到我這裡來！讓我好生收拾他！」

又有一滴水，滴在閻羅王頭上。這一次，他是真火了。

「給我把殿前那幾個！樣子討厭的！都炸了！」

牛頭馬面急忙跪下。

「大王！大王！不能再吃啦。那些都是鬼卒，有編制的。您上次一口氣吃多了，名冊對不上；聽說就有人告咱們吃空缺。況且，跟地藏王菩薩那裡，也不大好交代。」

「什麼地藏王菩薩！這裡的鬼不見了，都是因為他！都被他給贖出去了！還怪我吃得多！我能吃幾個？」

「您是吃不了幾個。不過⋯大王，您換點別的吃好不好？」

「有什麼好吃？」閻羅王粗聲粗氣的吼著。

「您知道吧？秦檜夫婦在這裡，有些時日了。」馬面側身到閻羅王旁邊，對他耳朵小聲講。

「聽說，上面把秦檜夫婦做成油炸鬼吃！所以，呵呵，小的想了

個主意作弄他們－叫他們到廚房負責炸麻花。自己炸自己！自己吃自己！呵呵。大王，來點炸麻花吃吃？」

「好吧。來點麻花吃吃。叫那婆子換個新鍋！昨天那個鍋，炸過一個瘌痢頭！」

吃過一回秦婆麻花，又喝了兩盅昨晚的剩酒。

「唉，一個人喝酒沒啥意思！」閻羅王的鼻子和嘴皺到一起。

「大王，今天再找杜康？劉伶？還是張旭？喔，張旭又鬧肚痛⋯祝允明如何？還是？」

「誰也別找！」

「我是愛喝兩杯！可是這些傢伙，一喝就爛醉，酒品又差！弄到我閻王殿裡君臣不分！可惡透頂！一醉就睡三天！把我這裡當旅館！聽說名聲已經壞到外面：什麼我這裡啥鬼不多，老酒鬼特多！只要能喝，就能在我這裡搞特殊待遇！」

馬面看見閻羅王又要動氣，趕緊把話題岔開。

「報告大王，說到老鬼。有一批傢伙，您看是不是趕緊處理？時間拖太久啦，一天到晚喊著要輪迴。」

「什麼人啊？」

「就是刺秦王的那批人啊。」

「刺秦王？兩千多年前？這種老鬼還有？」閻羅王很好奇。

四個身影魚貫而入。帶頭的穿著深衣，儀態出眾。第二個，是個胖大漢子；兩撇小鬍子，一身短打。第三個，年紀最輕；衣領敞開，健壯的肌肉上有花繡。第四個，是個體弱的老頭兒。

「報上名來！」

「荊軻。」

「蓋聶。」

「秦舞陽。」

「高漸離。」

牛頭馬面站在閻羅王兩邊，不自覺的靠攏一些。這些刺秦大名人，雖然老，還是有相當份量。

「嗯。不要隨便答話！帶頭的講就好。」閻羅王清了清喉嚨。

「來了很久啦？想離開啦？離開不是問題。六道本來就要輪迴。兩千年還沒輪迴，是做鬼做久了點。」

「不過呢。你們所以沒有輪迴，不是因為我把你們忘了！而是你們幾個傢伙，活的時候不老實！彼此糾纏不清。到底誰有功誰有過，不容易判定。因此，沒有提問你們，沒有決定讓你們去哪裡。明白了嗎？」閻羅王眼睛突然睜大！

荊軻長揖。蓋聶頷首。秦舞陽股慄。高漸離咳了一聲。

「很好！你們幾個混人！在世之時亂七八糟，不肯走正途。講！有什麼話說！」

「閻摩羅大帝。敢問您想知道什麼？」穿深衣的講話。

「不要酸！跟我說，你們不好好過日子，為什麼要胡混！」荊軻抖了抖深衣下襬，腰上一串玉珮嘩啦啦響。

「啟稟大王。我等並非不知上進，只是觀念與眾人有異，而被視為異類。」荊軻恭敬的回答。

「喔，異類！你看我…也是異類嗎？」閻羅王挑起一條眉毛。

「大王之異，非我等所能想見。」

「好個馬屁精！繼續講！」閻羅王的鬍子動了一下。

「我們是俠。」

閻羅王丟了一個大麻花進嘴裡。遠遠看去，好像在吃人骨。遠遠聽來，也好像在吃人骨。秦舞陽又開始股慄。

「俠是什麼異類啊？能吃嗎？」

荊軻臉上，沒有絲毫不快之色。

「稟大王。俠不能吃。俠者夾人也－夾於是非觀念當中，夾於正邪行為當中。雖然可能兩面不討好，卻為了正義公理，不惜以武犯禁！」荊軻講到最後，舉起拳頭，抖動兩下。臉右轉十五度，微微向上抬起；望著虛空…

閻羅王哼了一聲。

「講得滿好聽！我看你腰上的玉珮不錯嘛。我都沒有那麼好的。俠者夾人！觀念夾住啦，行為夾住啦。你根本是橫行霸道！像螃蟹一樣夾人！俠就是螃蟹！到處夾人！不然憑你，有那種玉珮？」

荊軻仍然不動氣。

「大王有所不知。荊軻，雖然以燕太子丹客卿終，實則是衛國人。在衛國，荊軻也是有身份的…因此，對貴族之事，多所涉獵。稟大王。這件套珮。黃玉為珩，墨玉為琚，飾以黃金璸珠。全珮長一尺半，其間璧、璜、玦、璋、圭五玉俱全。確是出自名家。」說著，便去解腰帶。

「停！幹什麼？公然行賄麼？嘿嘿。你這種鬼這裡不少啦。手離開腰帶！接著講！你幹什麼帶那麼一串玉？」

荊軻正色。

「稟大王。帶著它，是為了節行止。若是心慌意亂，言行失體，這一串玉便會發出聲響，以為警示。所謂，君子無故玉不去身是也。」

「嚇！酸啊。不就是你身子亂扭，它就亂響嗎？」閻羅王歪過頭，閉上眼睛。

「所以，你還是要作君子。時時刻刻戒慎恐懼，就怕有失體統，有失道德。嗯，你這麼處處不忘作君子，又怎麼做你的夾人呢？」

閻羅王又丟了一個麻花到嘴裡。

「虛偽！我看你根本是個花花公子。充其量，也只是個膽大的花花公子！到處轉轉，想走蘇秦、張儀的路線。騙騙吃喝！局面大了，就要騙點名氣。」

「在下絕非沽名釣譽之徒。」

「說得好！你替我說了。你就是個沽名釣譽之徒！替你那幫子夾人朋友丟臉。」

罵完了，閻羅王有點警惕。他怕罵過頭，這幾個傢伙不跟他講話；那就壞了今天吃麻花的興致。實在說，閻王府內窮極無聊。幾千年來做同樣的事，悶得出油！這樣審問幾個兩千年前的名俠，算是新鮮。聊聊天，罵罵人！這種天子生活，也是偷得浮生半日。當然，說浮生好像不對！處處注意自己身份，也是當鬼王的苦惱。

「好。那我倒要問問你這個大俠幾件事。」

「你說。當年，燕太子找田光談刺秦之事。結果田光介紹你給燕太子丹，要你替代他刺秦。你是不是氣得半死，對他懷恨在心？」

「至於⋯田光告訴你這件事情後，立刻自殺？嘿嘿！田光是不是你殺的？」閻羅王目光如電。

「絕非如此！我對田先生的知遇之恩，銘感五內。先生介紹在下給燕太子丹，在下三生有幸！先生讓在下死，在下不敢不死！至於田光之死，確是單純為了激勵在下而已。」

「真單純！我認為，他介紹你給燕太子丹作刺客，根本想陷害你！因此被你所殺。」閻羅王哼了一聲。

「大王莫再提起田先生，在下聽著心痛。」

「哼！心痛。怕是你心驚！你去見燕太子丹，一來是田光逼你；二來是能夠涉入國際大事，有名有利！走走停停，邊走邊看！榮華富貴皆在其中！你哪裡想刺秦！」

「在下真心刺秦！」荊軻抗議。

「你要是真心刺秦，為什麼到了燕太子丹那裡，又百般推託？」

「在下絕無推託之意，只是時機未到！」

「那你又為什麼接受燕太子丹的醇酒婦人，過荒唐日子？」

「掩人耳目。」荊軻答得自然。

「好個大膽荊軻！醇酒婦人才是你的目的！錦衣玉食，夫復何求！」

「大王誤會在下。時機成熟後，在下…不是也去刺秦了嘛。」

「是去啦！樊於期也給你弄死啦。」

「樊將軍這件事，萬萬不能算在在下頭上。」荊軻低頭。

「說！」

「形之上者謂之道，形之下者謂之器。俠，既有俠之道，則必有俠之器也。」

「沒聽懂！」閻羅王拔了一根鼻毛。

「俠者，以武犯禁者也。犯禁，俠之道也。武，俠之器也！」荊軻慷慨激昂，有點噴口水。

「又來酸的！懂啦！兵器嘛！傢伙嘛！好吧！願聞其詳！」閻羅王聽到兵器，有點興趣。換了個舒服的姿勢。

「俠不能離開武，俠必有其武器。只是，這俠的兵器麼…隨著俠的層次不同而不同！」荊軻似是說到了得意處，竟然搖頭晃腦起來。閻羅王皺了皺眉頭，懶得再罵他。

「想當年，莊子上殿說趙文王，就曾經表示其劍有三；曰，天子之劍，諸侯之劍，庶人之劍。」

「廢話真多！撿精要的講！」

「督亢地圖！便是我天子之劍！樊將軍頭！便是我諸侯之劍！秦舞陽！便是我庶人之劍！」荊軻朗聲回答，頭頂放光，展現畢生功力！

閻羅王沒有言語。良久。

「好啊。你個荊軻…是個人物。夠狠！無情無義。」

「大王此言過矣。荊軻忠於燕太子丹！」

「你個混帳！」閻羅王暴跳如雷。氣得鬍子上翻，把鼻子都遮住了。

「燕太子丹！你認識他多久？你們是朋友？他只是你的衣食父母！是你的敲門磚！」

「不過，他倒也是厲害角色。既要你死！又以俠名引誘於你！你在百般無奈情況下，去了燕國。在現世富貴與千古名俠衡量下，去了秦國。你被燕太子丹挾持，找了那麼多墊背的！你為了成就俠名，讓多少人陪葬！你算是什麼俠！你根本就是個…」

牛頭拉了拉閻羅王衣袖，遞上一根大麻花。閻羅王再次警覺：幹什麼啊！有人陪著聊天才是重點嘛。閻羅王拿過麻花。

「不罵你。來點麻花？」

「大王忘事。我等鬼魅，喉細如針。」

「喉細如針！不能吃東西啊？噯，麻花還不錯！」閻羅王露出一點可惜的樣子。

閻羅王不再理會荊軻。瞄了一眼那個胖大漢子。

「接著是誰啊？蓋聶？」

「…」

「咦！不講話啊？」

「不是不講話，是不與那看我不起的講話！」

「大膽！」牛頭馬面把鋼叉在地上杵得「叮咚」響。

閻羅王眨巴眨巴眼睛，把手微微一抬。

「慢。有點趣味。」

「你這個話，是什麼意思啊？能不能講清楚？我很想與你說話！」

「我蓋聶，不知什麼夾人之事，生平只談一個報字；只會報仇與報恩！更不怕與人冤冤相報！今日你如何待我，我便如何待你！」

牛頭馬面又把鋼叉在地上杵得「叮咚」響。

「噯－！一次就夠了。」閻羅王覷了左右兩眼。

「古人說，待我以眾人，則我眾人待之！待我以國士，則我國士待之！你是這個意思吧？好！聽說你是個俠。我就以俠待你，如何？說吧！你為什麼不做人，要做俠？」

閻羅王轉身看看牛頭，臉上有一抹得意微笑。牛頭露出羨慕的眼神－牠真不知道，閻羅王還這麼有學問！蓋聶則直勾勾的看著閻羅王，半晌說不出話。

「古人說，為俠者四：卿相之俠、布衣之俠、匹夫之俠、閭巷之俠。哼哼！你是哪一種？」

蓋聶看著閻羅王，還是說不出話。閻羅王兩個「古人說」，把他弄得有點迷糊。最後，結結巴巴的擠出幾個字。

「這個嘛…我是愛生氣的那一種！」

「咦？愛生氣的那一種？妙不可言！這個傢伙有特色！」閻羅王坐正身子。

「繼續講！」

「說實在，今天我給弄來這裡。也是因為嚥不下一口氣！」

「何人給你氣受？」

「荊軻！」

「又是他！」

蓋聶發現「又是他」三個字，頗為悅耳！似乎閻羅王與他站在一邊，便放膽說道。

「想當年，在榆次。閒來無事，與我眾家兄弟飲酒。」

「好！飲酒好！」

「沒想到，忽然進來一個穿金戴銀的傢伙，大談為俠之道。沒有把我放在眼裡！強龍不壓地頭蛇嘛！啥規矩也不懂！大言不慚！也不知道拜我碼頭！最可氣的，他還把腰上傢伙拿了出來。我等以為他要動手，正準備下手搏殺！」

閻羅王聽的津津有味。

「你猜怎麼樣？那個傢伙竟然拿著他的劍，繼續吹牛皮！說他的寶劍何等鋒利！如何入山斷犀象，入水斬鯨鯊！嘿！說著說著，還把劍抽出來！說什麼他的劍，出鞘有龍吟之聲，入鞘有豹扣之響！」

「可以想見！咬文嚼字，酸腐不堪。外加又臭又長！」

「最後，他竟然談起錢來！說他的劍是所謂玉具劍，上飾寶玉四塊，價值連城！你說說看，有這樣糟蹋兵刃的麼？」

「可惡透頂！把兵器當枕頭使麼？」

「一點不錯！兵器是繡花枕頭！人也是繡花枕頭！竟然敢混跡江湖，極盡賣弄。」

「結果？」

「結果？我當然不能忍耐！便狠狠的瞪他！嘿！他竟然溜之乎也！連那把劍都沒拿走！」

「好！痛快！那把劍呢？」

「那種東西不能用哪！只能騙騙婦人！我等將它賣了，換了美酒兩缸！痛飲三日！」

閻羅王砸了砸嘴，伸手拿了一個麻花。

「可惡的事情尚未完了。當日那廝被我『睚眥』一番，落荒而逃，竟然懷恨在心…」

「啊啊！那廝被你『睚眥』一番！沒想到你這粗漢，講話甚為古雅！」閻羅王聽得入神，幾乎和蓋聶稱兄道弟起來。

「下文！」

　　「後來，聽說他在燕太子丹那裡，吃香喝辣，左擁右抱。燕太子要他去做刺客，他竟然腦筋動到我身上。向太子進言，說此次刺秦，非蓋聶不得成功！你看，這不是誠心要我的命嘛。」

　　「這我知道！找不到你，結果秦舞陽替你送死！還有個好聽的名兒呢！說你們這種替死鬼，是他的『庶人之劍』！」

蓋聶嘆氣。

　　「燕太子丹找人，還不就是通緝麼！那能找不著！」

　　「找到你了？」

蓋聶再嘆氣。

　　「找到啦！但是讓我大大破費，方才得以脫身！」

　　「如何脫身？」

　　「財去人安樂。還不就是乖乖奉上那把刺秦之劍嘛！」

　　「喔！趙國徐夫人之劍！」又轉到兵器上面，閻羅王豎起耳朵。

　　「不是！不是！不是徐夫人！這一錯，錯了兩千年啦！」

　　「錯啦？」

　　「錯啦！徐夫人是個女人名字，女人和劍有啥關係！」

　　「此話怎講？」

　　「咳。那柄劍原是我的！叫做『鬚覆刃』！名劍哪！拿根鬍鬚覆在上面，鬍子就斷啦。所以叫『鬚覆刃』！什麼徐夫人？明白罷？」蓋聶有點忘形。

　　「哎呀！明白明白。真是長了見識！」閻羅王伸長脖子。

　　「他們給弄了去，還上了毒藥！劍算是毀啦。我是劍到人不到，逃過一劫。還好，當時這劍是一對。我還有一把！沒叫他們弄了去！」

　　「還有一把？妙極妙極！」閻羅王忍不住叫好。

蓋聶從身後摸出一把小劍，褪去套子；看起來也不甚起眼。

「這是另一把！叫做『摧毛刃』！也是鋒利無比。把一根毛放在上面，毛自己就斷啦！所以叫做『摧毛刃』！」

「『鬚覆刃』與『摧毛刃』！」閻羅王像個小孩般的重複著。連丟了三個麻花進嘴裡。

「馬面！拔一根毛！長一點的！」

「嘎！嘎－？拔毛？」

「快！我要試試這『摧毛刃』，能不能摧毛！」

閻羅王玩得很開心，馬面連拔了十幾根尾巴毛！最後，閻羅王賞了一個小凳子給蓋聶；讓他坐著等。下面還有兩個人要問話。

「下面是誰啊？是不是秦舞陽啊？秦舞陽！」

喊了幾次，秦舞陽都沒有答話。閻羅王正要發作，牛頭彎腰唱個喏，大聲說道：

「恭喜大王！賀喜大王！」

「喜從何來？竟然敢不理我！」

「報告大王。秦舞陽暈過去了！」

「嘎？暈過去了？他暈過去，你恭喜我幹什麼？」

馬面似乎很進入情況，立即跪下，搶著回答：

「報告大王。當年秦舞陽見秦王，只是股慄不敢上殿。見了您，股慄外加暈倒！您說，您的威風是不是大過秦王啊？」馬面一口氣說完，緊張的看閻羅王有啥反應。

「哈哈哈哈！你這個馬臉的傢伙！有一套！」閻羅王大笑。

「咦？牛頭！你在那裡吃啥？反芻麼？」

牛頭哪裡是在反芻！是氣得磨牙！好端端一個馬屁機會，又讓馬面搶走！

「好啦。這個傢伙不是塊料。我不想問他！耽誤時間！」

「下一個！」折騰了一個下午，閻羅王有點乏。打了一個呵欠。

「下一個！」馬面重複閻羅王的話。

「小老兒…高漸離。」回答的聲音很小，夾著咳嗽。

閻羅王繼續打呵欠，拿出生死簿翻弄。好像對於高漸離在這裡，有點莫明其妙。

「高漸離。嗯…你怎麼跟他們混在一起？你也要做俠麼？我看看…你不是個唱小曲的嘛！」

「說實在，我也不大清楚。為什麼把我算成俠…在下的確是個唱小曲的。小人拿手的是擊筑。」

「擊筑！」閻羅王的瞌睡蟲被趕跑。

閻王府當然也有音樂，並且水準不差。只是，多好的音樂，由一批歪嘴斜臉的妖怪演奏，總是不搭調！有一次，閻羅王閉著眼睛聽〈雲裳羽衣曲〉。神遊之際，張眼瞧見那批樂師，氣得三月不知肉味！眼前有一個會擊筑的！閻羅王興致來了。

「高漸離。你，拿手的是什麼曲啊？」

「想當年，秦王無道…小老兒只演奏三首曲。」

「哦。只奏三首！哪三首啊？」

「〈清商〉〈清徵〉與〈清角〉。您也要聽？」

「不要！」閻羅王連忙揮手。

「三大亡國之音啊！你演奏這三首曲，是…？」

「遙祝秦王早日歸西！」高漸離講得很輕鬆。

「啊。弄了半天，你也要殺人！」閻羅王興趣更大了。

「你說說看，受何人指使？何人援助？」

「這個…哪有人指使援助呢。當時，秦準備滅六國，老百姓生活在恐懼中；在下只會擊筑，便只有擊筑，求上蒼感應，早日讓大家脫離苦海。」

「啊！擊筑滅秦！以擊筑為天下請命。好氣魄！這麼說，你是有點俠氣！那麼，音樂就是你的武器囉？」閻羅王還是想談武器。

「俠，不懂。武器，那就更說不上了。不過出自真心，也許有那麼點靈感。」

「音樂！高啊！殺人於無形啊！」閻羅王自言自語，還是要談兵器。

「我可以看看你的筑嗎？」

高漸離把他的筑篋從背上解下來，打開篋，吃力的搬出一張筑，還有兩支擊筑的細長竹板，掉在地上。閻羅王看得目不轉睛。

「很沉啊？」

「也就是髹漆的，不沉。只是，灌了鉛，也就沉了。」

「灌了鉛？又能殺人於無形，又能殺人於有形？沒想到你有這樣厲害的武器！說這一段！」

高漸離蹲下去，在地上摸著，找那兩支細長竹板；那是用來擊筑的。

「你，看不見啊？」閻羅王很吃驚。

「欸。看不見。」

高漸離摸到了他的竹板，緊緊握在手裡。

「說來話長。這要從我和荊軻的交情說起。」

「又是荊軻。你們幾個人總要和他糾纏！說你的筑！」閻羅王不耐煩。

高漸離不明白，閻羅王為什麼對他的筑有興趣。支吾了半天。

「嗯。小老兒不是擊筑維生麼？」

「擊筑滅秦！」閻羅王對自己的權威看法，不肯放鬆。

「嗯。後來，聽說荊軻去了秦國，被秦王殺死在殿上。我覺得活著沒意思，便決定做最後一件事。親手殺秦王，替荊軻報仇！」

「嘎？替那小子報仇？你能不能只談筑，不談荊軻啊？」

「可是，這些事情都和荊軻有關。」高漸離繼續說。

「我…因為賣唱時間久，對於酒館的事清楚。所以，為了報仇，打扮成一個賣酒的人。」

「喔。你也喜歡喝！等一會兒，咱們跟蓋聶喝一盅？」閻羅王還不死心，要岔開荊軻的話題。高漸離沒理他。

「我為了替荊軻報仇，以賣酒人身份混進秦國。在酒館內批評秦王的擊筑樂師。大家原來不注意，認為賣酒的哪裡懂音樂？最後，終於受到重視。把我送進秦宮，要我為秦王擊筑。」高漸離的臉有點泛紅。

「多麼好的機會啊！筑的聲音小。要聽筑，必須近在五步之內。想想看，秦王主動要聽筑，豈不是天賜良機？普天之下，哪有人可以這樣接近秦王？」

「確是好機會。結果？」

「結果…結果，沒有這樣簡單。秦王要聽我的筑，但是他…用毒煙把我的眼睛燻瞎…才允許我上殿。失去雙眼，增加我刺秦的困難。我只好把筑灌了鉛，到了秦王面前，孤注一擲；用筑打他。後來…」

「後來就不要說了。還不是雞蛋碰石頭！你讓秦王宰了，從此他再也不接近六國之人。」

高漸離低頭不語。閻羅王用手彈掉耳朵上的一滴水。

「高漸離。你想以音樂滅秦這件事情嘛，輕描淡寫卻暗蘊殺機。有境界！可是，你親自刺秦這件事，簡直是白白送死！愚不可及！」

高漸離抬起頭來。

「後面刺秦這一段，都是為了替荊軻報仇…」

「嘻！你就不能不說荊軻嗎？」閻羅王把腳翹到龍椅扶手上。

「不能！」高漸離忽地高亢嘶喊！

閻羅王詫異的看著他。

「我和荊軻的關係，也是從榆次開始。」高漸離聲音又變小了。

「那時候，荊軻和蓋聶吵架。我…我一直在旁邊伺候著。擊我的筑。」

「荊軻不是被蓋聶嚇跑了嘛。」閻羅王翻了翻眼睛。

「大王不知。後來，大家都散了，荊軻又回來了。」

「一定是回來找他的寶劍！那個人貪心好貨！」

「不是，他是回來找我的！」高漸離開始咳嗽。

「他說我是有心人，對我敬佩。他知道那亡國三曲，也明白曲子的意義。我在榆次唱了三個月，只有他…聽懂我的音樂！他看我窮，衣衫破爛。就把身上的錢，全部拿出來給我。我說，你要是真懂我的音樂，給我錢，是對我最大的侮辱！」

「荊軻…那個衛國貴公子…對我跪下，流著淚…說他做了…這輩子最大的錯事…請我原諒他。」高漸離泣不成聲。鼻涕和淚水，滴在地上。

閻羅王表情嚴肅起來。這個下午，罵荊軻，和蓋聶談笑，從秦舞陽身上，得著榮耀和驕傲。現在…氣氛都破壞了！閻羅王要聽俠客和兵器的故事，他一點也不想了解高漸離的心情。他喜歡生氣，他喜歡高興，他不喜歡悲哀！誰又喜歡悲哀？

「秦滅六國，和我並沒有直接的冤仇；所以，我擊我的筑，擊我的亡國三曲。但是，秦王殺荊軻，和我有直接的冤仇！荊軻是我唯一的知音！唯一的朋友！誰殺他！我就殺誰！」高漸離聲如裂帛！現出厲鬼之相！

牛頭馬面的臉色有點凝重。他們沒有看過閻羅王這樣嚴肅；不是

憤怒的嚴肅，而是安靜的，有一點憂愁的嚴肅。他們不知道該如何取悅主子，只好低著頭，等待閻羅王恢復情緒。

「不談了！我要下班。這幾個傢伙各安其道，各自上路！」閻羅王不耐煩的站起來。

「威⋯武！」牛頭喊到。

「大王開示！送各位上路！下面四個鬼！都給我矮倒！」馬面喊到。

荊軻等跪倒。秦舞陽本來就在地上－昏倒。閻羅王拿起生死簿，緩慢的講：

「各位做鬼兩千年。時間是長了點，那是因為你們身份特殊！在人世間不好好做人，要做什麼俠！做什麼夾人！弄到兩面不是人。既然人沒有做好，做鬼也就不容易。不過，自己的選擇自己承當！這兩千年苦難，不必怪誰！」閻羅王喘了一口氣。

「現在，我要宣佈你們六道輪迴的去處！各自聽好！」

「荊軻！」

「在。」

「你不做人，要做俠。你這個俠做得很離奇。對於俠的定義，你背得滾瓜爛熟！對於怎麼看起來像個俠，你比誰都清楚！對於做俠該有的各種名堂，你更是樣樣不缺！但是，你根本是因緣際會打鴨子上架！成就了千古大俠之名！田光、樊於期、秦舞陽都為你而死。大家都認為你是個俠。你是個俠麼？嘎？你根本是個投機份子！你心裡明白！」閻羅王大聲說。

「但是，人世間本來也即是如此。是非不分，清濁不揚。現世有成就的，多是些三流貨色。」閻羅王撇了撇嘴。

「我看你的個性，很適合做人。回去罷！繼續做你的大俠罷！轉入人道！」

「秦舞陽！」

秦舞陽還沒醒過來。閻羅王有點生氣，瞪著不醒人事的秦舞陽。

「你不做人，要做俠。到了刺秦時刻，股慄不敢上殿。見了本大王，也股慄不敢上殿！最後昏倒！你人沒做好，俠沒做成。讓人牽著鼻子到咸陽，啥事也沒辦。糊塗蛋一個！不過，你這種糊塗懦弱之人，倒是有人特別喜歡。已經打過招呼，指定要你啦！那裏，你這種人多！轉入天道！」

閻羅王呼了一口氣。

「蓋聶！」

「在。」

「你馬馬虎虎。至於說到俠麼…不過，你愛耍蠻使氣，倒是和我有幾分相像！好啦！封你個惡神做做！沒事回來喝兩盅！轉入阿修羅道！」

閻羅王揮袖子。

「都走！都走！」

閻羅王見大家都走了，只剩下高漸離一個人站在大殿上。

「高漸離。」

「在。」高漸離抬頭。

「咳，高漸離啊！你，也不肯作人，要做俠。」

閻羅王直直的看著高漸離，倒八字的邪惡大濃眉，漸漸成為正八字。

「你做到啦。」

「你是個俠，你不是人！你這個俠做得不錯。但是，你有點弄假成真！」

閻羅王乾咳兩聲。

「你有一種高貴的品格。但是…我不能讓你這種高貴品格流傳世

間！如果人人都像你這麼高貴，人世就不是人世！懂我意思？」

「你想…感天地泣鬼神麼？我不能讓你這麼做！天地不可感動，鬼神不可哭泣！你的高貴品格，擾亂六道，動搖鬼神世界的基礎。」閻羅王聲音有點沙啞。

「高漸離！你這個不是人的傢伙！我…要把你打入無間地獄…永世不得超生…你不能為人知曉，不能為人紀念。你不可以…成為典範。因為…那不是人的典範…你的作為，不是人的作為！」高漸離深深吸了一口氣。過了好一會兒。

「大王。不必為難。你說過，人要承當自己的選擇。我沒有遺憾。你剛才的話…我會在無間地獄中，慢慢咀嚼。」閻羅王覺得有點心不安。伸出手。

「你不是人，你是個俠！我們可以…做個朋友？」

「不可以！」高漸離語氣堅定。

「你是鬼神，你不可以動搖。難道，你也要成為撼動六道的罪人嗎？也要成為鬼神世界的毀滅者嗎？你要…毀了你自己嗎？」高漸離，露出詭異的笑。笑容一閃而逝，他的魂魄逐漸暗淡。

「更何況，我為友誼付出最大代價。你跟我做朋友，還要我付出什麼？我沒有東西可以給你，沒有東西可以付出。我有的，只是一點點…驕傲的回憶。」高漸離轉過身，走進身後的朦朧中。消失在無間地獄裡。

閻羅王，一個人在大殿上。伸著他的手，面對著眼前的無限朦朧。

「沒有錯…我的決定沒有錯啊…這種人不能存在。天地不能有情，鬼神不能感動！這個古老的世界…不能讓他們毀掉。」閻羅王說著，慢慢轉回身，孤單地走向他的寶座。牛頭馬面，還站在那裡。馬面手上，拿著一根麻花。

樓中有鬼

（完稿於 2011年3月16日）

　　佩玲養了一隻鳥。養鳥的人都知道，鳥分鳴禽和賞禽。也就是養著聽叫喚的，和養著看漂亮的。一般而言，養鳴禽的瞧不起養賞禽的。他們認為，養隻漂亮鳥看著，等級低；那是小孩子玩法。真正會玩的，要聽鳥的叫聲，那個等級高。這種說法，好像是養鳥派別上的歧見。事實上，鳥的叫聲確有不同。叫聲好的轉折多，甚至有層次。那種玩法，和品紅酒、嚐雪茄，有異曲同工之妙。中國古人說，養鳥怡情悅性，甚至玩索有得－可以從養鳥中思索出做人的道理。佩玲不抽雪茄，不喝紅酒，也不懂什麼古人道理。鳥是阿公送的，他很會養鳥。阿公已經去世兩年，佩玲還是常常想到他。

　　阿公這個人很難形容。不事營生，但是從來不缺錢；一生吃喝玩樂過去。不過他很有正義感，愛和三教九流的朋友來往。阿公年輕時，跳鄉下廟會「八家將」。年紀大了以後，不跳「八家將」，改跳舞。喜歡帶著鳥籠去公園，教一群年紀大的人跳舞。佩玲聽過別人在背後罵他阿公；說他是流氓，老不休，教人家跳「翅仔舞」－說那種舞是風塵女跳的。事實上，以前風氣不開放，什麼風塵女跳的？現在叫做國際標準舞，簡稱「國標舞」啦。是可以在世界上比賽的正式舞蹈呢。

跳舞和養鳥，就是阿公老了以後的一切。佩玲小時候，聽到阿公說跳舞的事，就蒙著臉說「羞羞羞」。阿公總是把她的手打開，捏她的臉頰，說「你不知道阿公多會跳喔。是藝術喔。」佩玲也總是回他一句「哈哈哈。是藝術。哈哈哈。是藝術。」有一次，阿公對於佩玲的笑聲，真的有一點生氣。也許，阿公真的跳得很好。也許，那個老不休，真的有什麼精神上的追求？或者…理想？可是說到養鳥，佩玲就不笑他了。她喜歡和阿公一起蹲在地上，整理他的鳥籠，裝進米和水。有時候，還會掛一片青菜在籠內頂端。掛青菜，佩玲一定要搶著做。因為，掛青菜要把手伸進籠子裡去。佩玲喜歡掛青菜的時候，用手碰一碰小鳥。阿公去世的時候，把最喜歡的一隻鳥留給佩玲，要她好好照顧。還說「妳喜歡鳥很好。可惜，你不喜歡阿公跳舞。」

阿公送佩玲的那隻鳥，是聽叫喚的。牠真的會唱歌。佩玲看著手錶計算過，牠可以一口氣唱二十秒鐘。聲音時高時低，時大時小。非但婉轉流暢，中間還夾雜著顫音。養鳴禽的人都養公鳥，公鳥才唱歌。佩玲愛聽那隻鳥唱歌。她叫那隻鳥「船長」，把牠掛在陽台上。

「船長」什麼都好，如果要挑毛病，就是愛唱過了頭。每天早上，天剛微亮，「船長」就開始唱。夏天從五點多開始，冬天從六點多開始。佩玲的作息很規律，她喜歡每天五點或者六點起床。但是，她很怕「船長」吵了鄰居。好幾次，「船長」一開始唱，佩玲便跳下床；踮著腳，吐著舌頭，跑到陽台上去把「船長」拿進來。好像自己走路聲音大了，都會吵人。

佩玲搬進城才一年，住十三層的住辦大樓。環境很普通，大樓在社區中也算是個地標；樓雖高，卻是雙拼。兩戶共用一部電梯，佩玲

住十二樓。有時候，早上或晚上，她會在大樓底層大門口，看見幾個鄰居。都市裡面，人情比較冷，大家也就是點個頭。不過，佩玲遇到鄰居，總是有不好意思的感覺。…不知道「船長」起得早，精神好！有沒有吵了晚起的人家？其實，這棟大樓很新，不是每層都有人住，多半住戶都在八樓以下。九樓以上的十戶，只有三家有人；除了佩玲以外，樓上是公司，樓下也是公司。十二樓的一隻鳥，能夠吵到什麼人呢？但是佩玲就是這樣擔心著，像任何一個十九歲的善良女孩一樣。

佩玲不好意思了很久。最後，她決定晚上把「船長」拿進來，放在牆角落。等到她上班的時候，才把牠再拿去陽台。這樣子，佩玲覺得比較心安，不會對不起人。不過這樣一來，佩玲平日聽不到「船長」唱歌了。「船長」應該還是唱的，只是唱的時候，佩玲多半不在家。

一天晚上，佩玲回來得晚。簡單整理自己一下，躺在床上看小說。佩玲喜歡看鬼故事，她喜歡那種又怕又不能停止的感覺。忽然，她聽到屋子裡有人走路的聲音。佩玲猛地坐起來，豎著耳朵！有小偷嗎？不像！她沒有開燈，慢慢下床。從臥室走到客廳，又從客廳走回臥室。坐在床上。奇怪，屋子裡沒有人啊。怎麼回事呢？佩玲的心砰砰跳。那天，她在床上坐到很晚，坐到眼皮實在撐不開。最後，腳步聲停止了。佩玲看看床頭的鬧鐘，一點！她呼了口氣，迷迷糊糊的睡去，睡得不沉熟。

第二天晚上，十點鐘，腳步聲又響起。佩玲把燈都打開，仔細的檢查每一個房間，確定房間裡沒有人。知道沒人闖進來，佩玲的心放下一些。那麼，腳步聲是從哪裡來的呢？她歪著頭想一想。樓上是一間公司，晚上沒有人啊。隔壁？隔壁已經很久沒有人住了。屋主不

賣，只肯租。但是這裡樓層高，房價也高，租不出去。屋主應該是有錢的，無所謂，就那樣空著。空著多久了？好久了。

　　腳步聲依然。佩玲的思緒，由理智的推測，漸漸轉為情緒聯想。很多畫面，悄悄溜進她腦海。很多小說情節，若隱若現的閃過她眼前。難道，有什麼怪事嗎？難道…佩玲走到廚房，看看牆上的壁鐘，十二點半。她無意識的倒了一杯水。把水拿到客廳，窩在沙發裡。忽然，佩玲注意到角落裡的「船長」。她發現「船長」沒有睡，直直的看著她。再仔細看。奇怪，「船長」的顏色好像不大一樣。以前牠是金黃色的…現在，土黃？還是燈光的關係？怎麼了？生病了嗎？「船長」還是直直的看著她。佩玲站起來，走近「船長」。她看見籠子旁邊地上，有一個琺瑯的瓷器小瓶，在昏暗的燈光下，發出藍色的光澤。佩玲把小瓶子拿起來。是什麼呢？啊！啊！是阿公的牙齒。那是阿公年紀大了以後，陸續掉的牙。她一直保存著，算是紀念。唉呀。怎麼會在這裡呢？是整理東西時隨手放的嗎？真是太不敬了。腳步聲又開始。佩玲打了一個冷顫。她看看「船長」，「船長」還是盯著她。

　　這樣的日子，持續了一段時間。佩玲的精神狀態很不好。除了恐懼，腳步聲也吵的她不能睡覺。夜晚的腳步，可以說很準時。大約總是十點過後開始，一直響到一點鐘。最後，實在沒有辦法了，佩玲去醫院看醫生。先是睡眠科，再是精神科。醫生的說法很一致：睡眠不好，神經太緊繃，有神經衰弱的症狀哦，給一點藥吧。佩玲知道了情況，安心著；但是沒有吃醫生的藥。她不願意這樣年輕輕，就靠藥物來睡覺。結果，她去體育用品社，買了一副游泳耳塞。那是一種 silicon 軟膠做的耳塞，附有精緻小盒。她把耳塞放在床頭。時間到了，就把耳塞帶上。這樣，佩玲可以睡了。但是，不舒服。耳朵裡有

東西，怎麼可能安穩的睡呢？並且，她不能翻身，不能側睡。那種姿勢，會把耳塞更往裡面擠。佩玲常因為翻身而醒過來。不過，總是能夠連續睡上幾個小時。

幾個星期後的一個中午，佩玲遇到十三樓鄰居，公司小妹，一個可愛小女生。她跟那個小女生，點頭的次數比較多，佩玲決定要把這件事情說一說。

「請問，你們公司晚上加班嗎？」

「沒有！從來沒有。生意不是很好，沒有那麼多工作。」

小女生掠了掠劉海，眼睛轉動著。

「並且喔…我們公司老闆太太，最近過世了，老闆心情不好…聽說要結束公司喔…」

佩玲把小女生的話打斷，急著問。

「是嗎？最近過世嗎？怎麼死的？多久了啊？」

佩玲發現，講話太直接了；小女生的眼光有一點遲疑。

「不是啦。我不是要打聽什麼。只是…最近的晚上，我常聽到腳步聲…妳說，老闆太太…死了啊？」

「真的－？有那個啊？好可怕！那我…我不要在這裡做了！」小女生用手捂著嘴巴，發出害怕的聲音。

「妳…妳要不要搬家啊？好嚇人喔！」

小女生繼續說著，雙手放在臉的旁邊。佩玲安慰了她幾句，嘆著氣回家。小女生不懂事，對話真不得體。不過一句「妳要不要搬家啊」，倒是激起了佩玲一點鬥志。搬家？被幾個…嚇走？佩玲在家門口，拿出鑰匙；鑰匙停在半空中。幾個？對啊！不會有幾個的。就算有，也只有一個。是哪一家呢？佩玲回過頭看看對門，脊背有點發涼。進了門，佩玲繼續想：有那個，似乎塵埃落定。問題是在哪裡？這個新問

題，讓佩玲心中的恐懼，被好奇心取代一些。她仔細的想想和自己有
關的幾個鄰居：樓上的太太死了，最有可能！正對門？沒有人住很久
了，也有可能！自己家…佩玲不願意多想！

　　星期天的下午，佩玲聽到門外樓梯間有人講話。長時間睡不好，
讓佩玲變得很敏感。她悄悄走到門邊，聽著外面的聲音。

　　「我們這棟樓很高級，各種設備都新，並且兩家一層，共用一部
電梯。」
講話的是仲介嗎？難道隔壁要賣了嗎？佩玲把耳朵更靠近門一點…很
好笑。竟然聽得這樣清楚。隔音太差了。

　　「樓是不錯，就是…」

　　「貸款我們可以替你找最好的。」仲介很職業性的接著講。

　　「不是。我怕你這個樓細細長長的…」

　　「喔。地震是吧？沒有問題！我…」

　　「不是。你這個樓，鋼骨水泥，RC 結構。也就是個一體成型的
細長筒…」

　　「風水是吧？…啊。對不起。你講，你講。」

　　「就是嘛。聽我講完嘛。這個樓啊，像一個筒子。所以裡面一定
會比較吵。聲音直上直下，先由樓板傳震波，再由空氣傳聲波。就在
大樓裡面傳來傳去。散不出去。」
門外有人跺著腳，發出砰砰的聲音。

　　「聽見了吧？」

　　「應該還好吧。隔壁住了一個女孩，獨身，很單純。」
佩玲後退了一步。又再把耳朵靠上去。

　　「不是人數問題，是生活習慣問題。鄰居很難說的。」
門外的談話停止了一下。

「除了對門。還有樓上樓下。這種結構啊，樓上吵樓下，樓下吵樓上，效果都一樣。這就是筒狀結構的問題。」

「您好像很懂這些事情。」

「還好啦。學土木的。另外，我也住過這樣的樓，受過罪。對不起啊，我的這些要求，也許高了些。」

電梯門開了，有人走進電梯。樓梯間恢復寂靜。

佩玲走回客廳，在沙發椅上坐下。剛才門外的談話，「這種結構啊，樓上吵樓下，樓下吵樓上，效果都一樣」讓她有奇異的感覺。這樣的說法，以前沒有聽過。佩玲拿起一支鉛筆和小本子，畫了一個她家樓上樓下的簡圖。在她家的那格上畫了個問號；樓上太太死了的那格，畫了個朝下的箭頭；隔壁沒人住的那格，畫了個朝右的箭頭。佩玲呼了一口氣，把鉛筆夾到耳朵上；揚起眉毛看那張圖。樓下？可能嗎？最後，她把樓下那格，也畫了個朝上的箭頭。佩玲看著三個箭頭和一個問號。一定是這三家，不會是自己家…不會的！吊在陽台上的「船長」，忽然唱了起來，長長的唱了將近二十秒鐘…佩玲怎麼聽，都像是〈午夜的探戈〉。「船長」和牠的籠子，在藍天的背景裡，勾勒出詭異的黑色輪廓。

佩玲看著那張圖，直到外面天色變暗。不能這樣過日子，人會發瘋。或許是那張圖上的格子，讓佩玲頭腦理智起來。一定要解決！就在今天！哪怕今晚不睡覺，哪怕明天不上班。

晚上十點，腳步聲又響起。佩玲想要拿根棍子，結果找出一支手電筒。她躡手躡腳的打開大門，走出去，站在門外，靜靜的聽著。佩玲慢慢的走近對門，慢慢的，把耳朵貼近對面大門。腳步聲並沒有變

大。不像啊。不像是屋子裡有什麼東西…走動。她望著樓梯間，鼓足了勇氣，走上十三樓。十三！哎呀，以前沒有想過呢！樓上那家真的死了人，會不會回到公司裡來？會不會走出來？佩玲打開手電筒，在昏暗的樓梯間裡，出現了一個更昏暗的光圈。她的理智減弱了，腳抖得邁不上台階。她想退回來，發現也沒有辦法。她看著那個抖動的光圈，大概有一分鐘，佩玲的腳漸漸不抖了。因為，她發現腳步聲並沒有變大，好像，還變小了呢。她喘著氣，堅持著，走到十三樓樓梯間，站在那家的門口。還是有腳步聲，但是，真的變小了。她跌跌撞撞地走回十二樓，腳步聲再度大起來。佩玲深深呼吸。確定了，不是十三樓！不是最有可能的那一家！她在自家門口站了一會兒，開始往下走。

佩玲只往下走了幾步，就注意到腳步聲更大了。奇怪啊。聲音真的是可以由下往上？樓下不是公司嗎？難道晚上還有人上班？有人在裡面走路？佩玲打開手電筒照著牆上的公司招牌，上面寫著某某公司，看不出來是做什麼的。佩玲關起手電筒，在樓梯間站了一會兒，然後走回十二樓，走回家。腳步聲持續著，到一點鐘才停止。

那晚佩玲沒有睡覺。睡不著，乾脆沖了一杯牛奶，在客廳裡坐著。應該不是那個吧？應該是十一樓的晚上不睡覺，在屋子裡走路？真是好笑，為什麼從來沒有往這個方向想過呢？什麼時代，真是。也許是小說看多了？…佩玲搖搖頭，喝了一口牛奶。但是，不對啊！即便有人不睡覺，晚上走路吵人，也不行啊。佩玲又心煩起來。要去跟十一樓的講講嗎？唉。有時候跟人交涉，好像更麻煩呢。

早上九點，佩玲給她的工作地方打電話，表示要請半天假。一則

是精神實在不好，二則是要到十一樓去看看。無論如何，要把自己的情況告訴鄰居。晚上不能睡覺，請幫幫忙，不要再走路了。要不要把耳塞也帶去給鄰居看？說不定會同情我？十點鐘。佩玲出門。剛關上門，她又打開。回到屋內，去拿臥室床頭的耳塞。

　　佩玲站在十一樓樓梯間，心裡的不安又出現。不要猶豫了！不論是人還是那個…一定要面對。她鼓足勇氣，按了兩次門鈴。大概有半分鐘之久，門才打開了一條縫，露出張睡眼惺忪的臉。

　　「請問，你們這裡是某某公司嗎？」
佩玲說完，發現這個開場白不大高明。招牌上寫的很清楚麼。對方聽說是找公司的，把門開大些，那張臉也清醒些。佩玲看見一個中年人，大概四十歲左右；穿著皺巴巴的西裝，好像昨晚就穿著它，睡在這裡。

　　「對不起，你們是這裡的公司嗎？」
佩玲說完，發現這次說的更差勁。中年人攏了攏頭髮，拉了拉西裝。

　　「是。某某公司。我的公司。」回答的很精神，應該是完全清醒過來。
佩玲注意到，這個穿著皺西裝的中年人，上班時間，腳上卻套著一雙拖鞋。

　　「對不起…嗯…我是住十二樓的，我…」
　　「喔！鄰居啊。我常看到妳。什麼事啊。」
是嗎？怎麼我從來沒有看過你呢？佩玲盯著這個人看。

　　「是這樣的。我晚上睡覺，聽到腳步聲，已經很久了。大概都是十點鐘到一點鐘。很吵。我很長時間都睡不好。很難受的。我想請問，是不是晚上你們這裡有人在？是不是請他不要穿著皮鞋走路？」

佩玲吞吞吐吐的，把想說的話一口氣說完。中年人作了一個疑惑的表情。

「喔？是嗎？這裡是公司，晚上沒有人的。公司麼，怎麼能住人？」

佩玲覺得尷尬，話講的突兀了。她把頭微微換了個角度，看著屋內，想著怎麼接話。屋內沒有別人，也沒有辦公桌。地上是大理石地板，空蕩蕩的。

「嗯…可是我真的聽見腳步聲音，很吵，都睡不著。」佩玲說。

中年人的眼睛轉了轉，疑惑的表情沒有減少。

「喔。腳步聲。嗯…有腳步聲。」

他把頭伸出來，左右看了看，好像附近還有別人一樣。

「我跟你講啊。」中年人壓低聲音。

「這裡啊。鬧鬼！」他張大眼睛，表情忽然變得有點可怕。

佩玲看著中年人，中年人也看著佩玲。

「妳知道嗎？這棟樓裡死了人。」聲音更小了。

佩玲把頭低下。

「很恐怖啊。妳樓上那家公司，聽說也要搬走呢。我們…也有搬走的打算。你說，鬧鬼的房子怎麼行啊。妳一個小女生住在這裡，不害怕啊？」中年人把頭靠近佩玲，又縮回去，上下打量著佩玲。

佩玲不喜歡他的眼神。她低著頭，眼睛看著屋內的大理石地板。空曠的室內，連公司該有的桌椅都沒有。但是，有一樣東西吸引了佩玲。她看見牆角有一雙靴子。那種美國牛仔穿的長統靴，鞋底邊緣還有發亮的金屬條。

「真的有鬼！不騙妳。聽說還有人看見了呢。在樓梯間飄啊飄的…」

中年人繼續說著，不過佩玲沒有專心聽。她用眼角瞄那雙靴子，搜索

著記憶中的腳步聲音。

　　「你要考慮喔。小朋友。我們都要搬家喔。有鬼啊！」
中年人作了一個怪異表情，把門慢慢關上。佩玲站在門外，手裡捏著
她的那付耳塞。

　　那天下午，佩玲也沒有去上班。躺在床上，精神很不好。煩惱昏
沈，不能睡覺，腦子裡翻來翻去。她只有十九歲，但是也能做一些分
辨：樓下的中年人顯然是在騙她，是有意的在嚇唬她。根本沒有鬼！
發出腳步聲的，根本就是那個人嘛。但是為什麼呢？佩玲胡亂的想著
各種可能性：是瘋子？是弄錯了？是有人要對付她？還是…因為她住
在這裡？有人想搶走她的房子？真是太可怕了！這麼長的一段時間，
打擾別人睡覺、嚇別人，目的不可能單純的。那不是有邪惡的心機
嗎？難道自己被盯上了？被設計了？或者…要被陷害了？為什麼呢？
佩玲又害怕又著急，有想哭的感覺。她拿起床頭的小說。封面上的鬼
怪，怎麼看，也不恐怖，也不具有意義。難道人真的比鬼可怕嗎？故
事裡的鬼多半是好鬼，只是有怨氣，要找壞人報仇。如果有壞鬼，那
就一定會有好人出現，把它制住。佩玲低著頭，把那本小說抱在胸
口。多麼簡單的邏輯啊，鬼故事簡直和童話故事一樣嘛。好人勝利，
壞人失敗。小時候愛看童話，現在愛看鬼故事。自己是不是太幼稚
了？總是在好人壞人的故事裡打轉，總是認為邪不勝正？邪？那個十
一樓的，到底要幹什麼嘛？佩玲終於哭了起來。

　　「怎麼辦？我遇到壞人了！怎麼辦嘛？」
佩玲越哭越大聲。

　　「為什麼要嚇我？不讓我睡覺？為什麼說要我搬家？為什麼
嘛？」
佩玲哭了很久，有想睡的感覺。哭和睡，都是善良女孩的法寶；一連

串的為什麼，在她的年輕世界中，找不到答案，找不到應付辦法。最後，佩玲抱著那本鬼故事，睡著了。…

　　下午五點鐘。佩玲還在睡著。她住的那棟大樓下面，聚了一堆人；大部分，都是附近的市井小商家。警車和救護車也來了，閃著紅燈嗚嗚的叫。混亂中，一個穿著皺巴巴西裝的男人被放進救護車。有人從地上撿了兩隻拖鞋，也放進救護車。聚著的人群，沒有馬上離開，你一句我一句的講著。

　　「真是！什麼怪事都有。」

　　「工商社會，壓力大啦。」

　　「怎麼回事啊？錯過了！」

　　「十一樓的嘛，兩個鐘頭以前就從樓上跑下來。跑了十層樓啊。唉。根本就是滾下來。滿身灰土，鼻青臉腫！」

　　「啊。滾下來的啊。然後呢？」

　　「然後？就在附近店家到處亂跑，說渾話。」

　　「對。他也來過我這裡，講了半天，我把他趕出去。」

　　「講什麼？說一說吧。來晚了！沒看到呢。」

　　「十一樓的說啊，下午，有人用力搥他的門，好像要把門搥破！」

　　「用搥的啊？」

　　「就是！他氣的要命，去開門罵人。結果，一開門！你猜怎麼樣？」

　　「怎麼樣？」

　　「看見『八家將』站在門口！樓梯間也擠滿了鬼！」

　　「嘎？『八家將』進城，還上樓啊？」

　　「嘿！『八家將』一下子就進屋啦。青面獠牙，惡形惡狀！守住

門窗！佔八方位！」

「真的假的？」

「他想跑出去！跑不出去啦！樓梯間的那些鬼啊，也都漸漸進來。有男有女，但是都是老鬼！」

「老鬼？」

「對！一屋子的鬼！在他家裡跳舞。」

「欸。這個鬼故事難聽。又是『八家將』，又是鬼跳舞。」

「本來就離譜。瘋子嘛。還說，有音樂伴奏喔。那卡西？那我就不知道。反正，一群男女老鬼，在他家裡跳<午夜的探戈>。」

「很好。鬼跳探戈。一群老鬼跳探戈？真的是瘋了。」

「當然是瘋了！還說最會跳的一個，拿著鳥籠跳呢。『八家將』也一起跳！」

「走了走了。越來越不好聽。『八家將』也跳探戈？根本就是大白天活見鬼。說給小孩聽都不信的。」

「沒有人說好聽啊。是你要問的嘛。」

「然後呢？鬼呢？」

「沒有什麼然後啦。哪裡有鬼啊？那個傢伙，跟大家扯了半天，忽然，跑到馬路中間去！被車子撞到，抬走了。」

「瘋子。」

「我說了嘛。現在瘋子多，工商社會壓力大。」

「對啦。對啦。壓力大。」

「就是！我家裡的那一個，三個月找不到工作，壓力也很大…」講的離了題，人群也就慢慢散去了。馬路恢復安靜，好像沒有發生過事情。一陣風輕輕吹來，薄薄一層土被吹起。…

太陽要下去了。陽台上的「船長」，唱著最後一輪。琺琅瓷器小

瓶，在夕陽光暈中發出藍色光澤。佩玲太疲倦，抱著那本鬼故事繼續
睡著，睡到醒不過來。她不知道樓下的那場大混亂，不知道她的問題
已經解決。當然，她更不知道問題是怎麼樣解決的；解決的那樣輕
易，那樣直接，那樣暴力。

九二鬧神明
（完稿於 2008年7月4日）

「九二」聽到鬧鐘聲，立刻從床上跳起來。已經十一點半。軍方特遣隊兩年的訓練，讓他對身邊大小事都敏感，並且反應迅速。「九二」覺得頭很痛，慢慢的回想起，昨天和大家續了四攤；五點鐘才到家。

「九二」把特遣隊紀念牌掛到脖子上，調整一下鍊子。當兵的時候，運氣不錯，連長是重情義的人。有人退伍，他都自掏腰包送一個不鏽鋼牌。上面有隊徽，和每個人的名字。里港，是高雄和屏東間的小地方；東西品質不好，圖案壓得一邊深一邊淺；名字也是手工刻的，說不出是隸書還是楷書。但是，「九二」很重視它。為了配合牌子，他買了一條一兩重的金鍊，一掛十幾年。沒事，當個裝飾品；有事，就把它握在手裡；和人家掛菩薩、十字架的作用一樣。那個部隊，聽說已經解散了；跟別人說起當兵事，「九二」還是有一份優越感。當時如何吃苦受罪，像老樹上的傷痕，成為值得誇耀的閱歷。「九二」甚至常常想到那個連長。那個連長愛喝酒，而且聽說為了挺弟兄，好幾次暴行犯上。升不上去，四十歲還在幹連長。不過，那個人也看得開。他相信比哪個連長最老，他全軍第一名。他總是說「一

個人一個命」。「九二」覺得這句話，是他當兵的重大收穫。那個連長對「九二」不錯，但是他犯錯，連長會用拳頭揍他。「九二」從來沒有恨那個連長。反而被揍的時候，站得筆直。好像他們之間有一種默契；一種男人才會了解的人際關係。當然，當兵時他還認識了一些朋友。回到社會，他們還是常在一起。現在，「九二」想到大家關禁閉，腰帶鞋帶被拔走，像老太婆一樣跑步，還會發笑。鬧鐘又響一次，「九二」順手把它按掉。

「九二」叫做劉漢河。「九二」是他的小名。他父親是常備軍人，是空降部隊老士官長。半輩子住營區，半輩子住眷區。漢河，有楚河漢界、漢賊不兩立的意思。九月三號軍人節，漢河九月二號出生；他父親重視九三，就叫他「九二」。「九二」的來源是這樣，很重的軍人家庭氣味。但是，社會上的人哪裡曉得？台北有一家老字號，專門賣菸草，就叫做「九二」。很多人都以為，「九二」是「九二菸草店」小開。

家裡小孩多，「九二」是老大。他很多年不住家裡。過年過節回去，也是盡量多給一些錢，不久留。「九二」和他父親處不好。他曾經很憤怒，很傷心，很消沉。不過，後來他變得很平靜。他明白，人世間的壞事，並不是都落在他身上。很多軍人家庭，父親和子女處不好；因為他們把家庭和部隊分不清。很多北方人家庭，父親和子女也處不好。因為，他們滿腦子北方農村的苦難記憶；他們把記憶和現實分不清。在軍中，一個教官對他們說，很多中國家庭，父親和子女處不好，那個問題要從孔子講起。「九二」對這部份，懂得不多。可是「九二」認為，這些亂七八糟的問題，不必繼續下去。一代總要比一代好。至少，要把不好的丟掉。

　　「九二」到當舖，已經下午兩點；他是台北一家有名當舖的店面「坐堂」。「坐堂」，是幫會講法。聽說更早以前，是廟裡的和尚講法。事實上，他應該稱為總經理，或者經理。他下面帶五個人，當舖不需要什麼大場面。他們的場面，在其他地方。

　　「九二」把手邊事情處裡一下，發現電話有答錄。按下鍵，是他二妹的聲音。

　　「哥。我是二妹。我跟你講哦，你不要發脾氣。爸病了一個月，吃不下東西。我們沒有跟你講，是怕你忙。…你聽我講，他這兩天身上腫了好多地方，很可怕！我們要叫救護車送急診！」

　　「噯。怎麼搞的嘛？當然應該講嘛！」「九二」自言自語，心口很緊。

　　「九二」回到眷區老家，救護車已經離開，轉過巷口；開始「喔喔」的叫。「九二」把機車騎到救護車前面，司機讓「九二」上車，二妹、三妹在車上。司機是個大光頭，開車技術很好，長得很威武。「九二」看見他的手臂上，刺了幾個字。「九二」伸手去握司機的手，在他的掌中比了一個手勢。

　　「後面是我父親，大哥多幫忙。」
司機深深的點頭，繼續開他的車。一路上，「九二」碰碰他父親的手，碰碰他父親的臉。很多小時候的情景，在腦中輕輕滑過。…

　　記得小學二年級時，同學包一種有圍欄的三輪車上下學。一輛車上，可以擠十個人。雖然有點危險，但是大家方便，錢也不多。「九二」跟他父親說，也要和他們一起包車。他父親拿一個短木棍打他的手，打到他的手握不起來；他不知道為什麼挨打。為什麼打人呢？

「九二」想了很久，從他不對，想到他父親不對；從他父親不對，想到他父親也沒什麼不對。他父親頭腦裡有老觀念，口袋裡沒有新台幣；他只是個可憐的父親。這麼多年，他對家庭的平靜感覺，就是建立在這上面；建立在他有個可憐父親上面。當可憐別人的想法生出來，憤怒、傷心那些負面情緒，就會慢慢消失。現在，他當然沒有那些情緒。他看著車子裡面，那個擔架上的老人，沒有辦法和以前的記憶連在一起。「九二」看著他的父親，拉起他父親的手。那是一支乾枯、有黃色長指甲的手。「九二」稍微用力握了握，手冷冷的，沒有任何反應。車子顛簸一下，「九二」的記憶，又跳到他離開家的那個剎那。…

那一年，「九二」十五歲。九三軍人節前一天，九二過生日。全家穿上規矩的衣服，到「三軍軍官俱樂部」吃飯。飯還沒有開始吃，「九二」父親就開始訓話。

「今天我們可以在這裡吃飯。都是因為三軍將士保衛我們！今天我們在這裡吃飯，是慶祝軍人節。不是給那個小子過生日。小孩子過什麼生日！我六十五歲也沒有過生日！聽到沒有？你們女生一樣！以後不許提過生日！」

「九二」的三個妹妹撇撇嘴。

「好啦！今天我們在外面吃飯，規矩不能破壞！」「九二」的父親倒了一果汁杯高粱酒，分兩口喝掉。又倒了一杯。

「開始會報！從那個小子開始。講你的心得。講你昨天做了什麼事，需要改進。附帶！講軍人節感言。」

這是「九二」家的規矩。吃飯的時候，要會報前一天的生活情形。如果午飯沒有「輪到」，晚飯也要講。「九二」的父親，和他的母親，也都要講。氣氛不好。三個妹妹低著頭。

「好啦。出來玩嘛。」母親也不願意。

「不行！從他開始！」

別桌的客人，都看著他們。「九二」覺得很尷尬。

「回家再說好不好？」「九二」這樣要求。

「不可以！開始講！」

「我真的不想講。我回家…」

「混帳東西！」隔著桌子，「九二」父親把整杯高粱酒，潑到「九二」臉上！

「九二」沒有反抗，就像往常一樣。這種事情，必須應付。但是，那天晚上，「九二」離開家。他再回家，再看到家人；是他二十五歲那一年。昨天，他過三十五歲生日。…

車子很快就到了醫院，一家半軍方教學醫院。「九二」下車，先跑去跟司機握手。

「謝謝大哥！」

「自己人。」光頭沒有甚麼表情。

救護車急著要走，醫院的擔架床沒有到位。「九二」對醫護人員低聲下氣的拜託。五分鐘以後，醫院人員懶懶散散的過來；把「九二」父親從救護車的擔架床，移到醫院的擔架床上。「砰！」他父親的腳，撞在床邊鐵欄杆上。

「拜託拜託！小心一點。」「九二」心裡面一陣酸。

「砰！」又是一聲！「九二」父親大聲的呻吟，臉孔都歪曲了。「九二」抓住醫護人員的領口！一把把他摔倒，按在地上！

「你知不知道他是我爸爸？你知不知道他是我爸爸？」

「九二」發瘋一樣的怒吼。那個醫護人員的臉和嘴唇，在一秒鐘之間，因為恐懼而轉白。「九二」從那個人的左邊，跳到他的右邊；順

勢把他拉起來，回到原來的姿勢！

　　「拜託你。輕一點。他是我爸爸！」「九二」壓低聲音，柔和的講。他的眼睛，有相反的表情。

　　「哥！不要！我們在求人哪！」三妹緊張的看著門口警衛，過來拉「九二」。

　　「我是在求他。」「九二」把那個人的領口放開。

「九二」的父親，順利住進醫院。

　　三天以後，醫師正式宣佈「九二」父親病情－淋巴腺癌，第四期；大概一個星期的生命。「九二」和幾個妹妹，都不知道怎麼辦好。

　　「是不是放棄呢？」

妹妹們討論著各種情況。她們擔心父親受苦，也談到錢的問題。「九二」認為，以父親的強悍作風，他不怕吃苦，會跟病魔幹到底。至於錢，「九二」說得更是斬釘截鐵：

　　「如果山窮水盡，那就男盜女娼嘛！真沒錢治病…我去搶！你們去賣！誰敢再講渾話，我現在就翻臉！」

　　「哥！不要這樣說話！我們隨便說說的。我們只是沒主意而已。」二妹覺得很委屈。

　　「對不起。妹！我也是沒有主意。」「九二」去抱二妹，放聲哭起來。大妹和三妹，也過來抱他。

　　當天晚上，大妹留在醫院。「九二」和其他妹妹們回到眷區老家。母親過來拉著「九二」，講了很多話。「九二」沒有很認真的聽。人在著急的時候，講的話都差不多；囉嗦而沒有重點。「九二」拍拍他母親手，不停的點頭。上一次回來，是過年的時候吧。「九二」沒有吃年夜飯，放下幾個紅包，也就離開了。「九二」看著這個老房

子，心裡很有感觸。妹妹們在客廳和母親繼續談話，「九二」一個人
走進他父親房間；感到空洞而慌亂。他從來沒有這種感覺，很不舒
服。最後，「九二」去廚房拿了一支香，回到他父親房間，把門關
上。他把香點上，插在茶葉罐裡；面對著那支香，跪在水泥地上。
「九二」覺得不行，膝蓋受不了。他站起來拿椅墊，想到什麼，又把
椅墊放了回去。

　　「九二」雙手合十跪著，看著那支香的火頭，心中迷迷糊糊。他
沒有宗教信仰，他不知道要拜什麼神，也不知道要怎麼拜。忽然，
「九二」想到他的特遣隊牌子。「九二」把牌子拿下來，放在掌中；
十指交叉，握成拳頭。他閉上眼睛，想要禱告。可是「九二」實在不
會禱告；因為，他的腦子裡，根本沒有任何神明的樣子。他想來想
去，又想到他父親。他想到他父親跟他的關係，想到他父親的一生。
最後，他的魂魄，好像飛到一個北方的苦寒小村落。他看見他父親光
著屁股，在打穀場上跑；看見他的爺爺奶奶到處追著雞、趕著羊；看
見他的曾爺爺坐在旁邊抽菸，他的曾奶奶…「九二」心裡很難過；他
覺得他父親可憐，覺得…每一個人都可憐。可憐的感覺，或許是個切
入點罷；「九二」開始對神明說話。他請神明保佑他父親。他父親這
一生很辛苦，為了國家、為了家…沒有為自己做過什麼。這樣的人，
為什麼會得病呢？會得這樣慘的病呢？病到連一點機會都沒有？他又
對神明說，他可以減十年壽命，讓他父親多活十年。他這樣想著，這
樣祈求著。他的膝蓋疼到已經麻木；他移動了一下手指，掌中的牌
子，似乎契進他的皮肉，刺痛他的指骨。「九二」的神志，越來越模
糊。就在他精神與肉體，陷入極度痛苦的時候，難過感覺竟然不見
了！「九二」的情緒，漸漸由悲哀轉亢奮，進入一種奇怪的狀態。他
開始生氣！他開始憤怒！甚至憤怒到不能控制！他對神明展現出一種

怨恨的情緒。他說：過往的神明啊！祢們為什麼這樣對我們？為什麼這樣對我父親？我父親是善良的人，他沒有做錯過什麼事。我不管祢們是誰！不管祢們今天誰值班！要是帶走我父親，總有一天，我會跟祢們見面！到時候，我會跟祢們算帳！祢們聽到了嗎？聽到了嗎？聽到了嗎？…「九二」感覺到他一句句的「聽到了嗎？」越講越大聲，腦袋裡面轟轟響！

「九二」張開眼睛，看見茶葉罐裡的香，已經熄滅。「九二」的腿不能動；想站起來，結果倒在地上。他想把手鬆開，手指也已經伸不直。他困難的張開手指，看見特遣隊的鋼牌深陷肉中，有一點彎曲。「九二」在地上躺著。不過，他的空洞、慌亂感覺消失了。經過這樣荒腔走板的祈禱、威脅與命令，神明和他之間，似乎有了感應。「九二」不再難過。他搖搖晃晃的站起來，在他父親的房間翻箱倒櫃；又拿出毛筆和墨盒，寫了幾個字；弄到很晚。那一天，他睡在他父親的床上，睡得很香甜。

第二天早上，「九二」和妹妹趕到醫院。他父親還在睡眠中。「九二」從袋子裡拿出一雙毛線襪，放在他父親手中。他父親抗戰時期，做過張自忠將軍衛士。將軍殉國以後，大家整理遺物，「九二」父親得到一雙將軍的襪子；他把這雙襪子保存得很好，認為是神聖有價值的東西。「九二」把襪子放好，又從袋子裡拿出一張字條，上面寫著：「戰鬥！劉北山士官長！」

「九二」把字條放在父親胸口，替他父親把床單拉拉好。「九二」的父親醒過來，看手中的襪子很久，又看那張字條很久。最後，他老淚縱橫，舉起巍巍顫顫的手，對「九二」比了一個敬禮的手勢！

「九二」的眼淚，順著臉頰滴到衣服上。他立正站好，「喀」的一聲將鞋跟併攏，標準的向他父親敬禮。妹妹們站在旁邊，看著這兩個二十年不說話的男人，嗚嗚的哭起來。

　　將近吃午飯的時候，一個醫生進來，後面跟了七、八個見習學生。那個醫生，走近床頭，翻看「九二」父親的病歷夾。

　　「就是他了。大家過來！靠近一點。」
醫生揮著手，要大家圍攏。

　　「淋巴癌末期，只能活幾天。手臂和腿上的淋巴結都腫起來。像乒乓球一樣。看到嗎？完了！」

　　「家屬讓開，我們在上課。」醫生又揮手。

　　「我讓你們看他的睪丸，一定腫得像牛大。喂！後面那兩個女生過來一點看。」醫生去掀「九二」父親的罩袍。
「九二」擋住醫生的手，小聲的說。

　　「對不起，這是劉北山士官長。師級督導一等士官長。」「九二」看看醫生白袍下的中校領章。

　　「他不接受教學和實習。」
醫生推了推眼鏡，瞪著「九二」。

　　「小老弟！你在說什麼天方夜譚啊？老先生退下來多久了？啊－？師級督導？你是家屬嗎？你們沒花什麼錢，就是要配合教學和實習！怎麼？人七老八十的了，下面還不給看？」

　　「他根本不能動。給不給看，不在他。在我。」「九二」擠到醫生和病床之間。

　　「我父親已經不行了，我不願意他再受到什麼侮辱。這件事情對他對我，都很重要。好不好？」「九二」低著頭，把膀子交叉在胸前。

　　「我不願意你們看。」

醫生站著發呆，學生也站著發呆。好像看到了瘋子。

「我們有…你們有義務配合，…我是中校…」

「我知道。你是中校，他是士官長。我都知道！你離開這個大樓，走到街上，什麼都不是！你是一個人，我不是一個人。好不好？長官？不要看了。」「九二」降低聲音。

「你不是一個人。你是鬼嗎？你…」

醫生停了下來。想到「不是一個人」的其他意思。

「好吧！不配合！看到了嗎？以後你們也會遇到病人不配合。學著忍耐點。走啦！」醫生轉過身，對學生們大聲講話，試圖恢復他的驕傲。

一群人魚貫的走出病房，那個醫生走在最後。離開門口的時候，可能是左腳踩到右腳，顛跛了一下。

劉北山，看著那個背對自己的高大身影。感覺很溫暖，也感覺很陌生。

一個星期後，劉北山沒有死。一個月以後，他也沒有死。半年後，他回到醫院檢查。醫生說他身體裡，完全沒有癌細胞。醫生希望劉北山，可以常常回醫院檢查，免費。他們要對他的病例研究研究。淋巴癌四期末，半年內可以完全消失，他們很有興趣。

劉北山沒有死，但是他家養的一缸魚死了。二妹說，死了十隻。「九二」認為，他和神明胡鬧一場，有作用。魚死了十隻，跟這件事情也有關係。從那次以後，「九二」有空會到廟裡走一走。他到了廟裡，先講一聲「我來了。祢好嗎？」然後說，「請幫忙！我會謝謝祢。不幫忙，也沒有關係。」「九二」發現，有一些廟的神明很買他的帳。

有一些神明，明顯的不喜歡他。神明的意思，可以從籤條上看出來。跟他走得近的神明，都是一些比較「武」的神明。「九二」覺得，神明世界和人的世界一樣。是朋友，就多來往；不是朋友，就少來往。他覺得，即便和神明來往，這樣也比較自在。沒有什麼好怕的。

「九二」和他父親的關係，有改變。星期假日，他會買一點滷味，提一瓶高粱回家。他們父子，就這樣吃一點，喝一點。有時候，他父親揚揚手，他們就乾一杯。有時候，「九二」揚揚手，他們就乾一杯。他們幾乎不講話，畢竟二十年不講話，實在很難講話。不過，這兩個男人，好像也並不需要講話。他們就這樣，不講話地，每個星期吃一點，喝一點。

至於那個特遣隊的牌子，「九二」已經不帶了。他把它送給他父親，要他掛著。「九二」認為，那是他和神明約定的證據。他父親掛著，神明不敢不守諾言。劉北山有時候走出門，到眷區裡逛逛。他總是跟其他人說，他兒子送給他一條金項鍊。

當劉宅好遇到阿旺
（完稿於 2007年11月15日）

　　劉宅好注定要做算命仙，因為他叫宅好；反過來就叫做好宅。好宅是好房子的意思；在鄉下人看來，有這個名字的人，一定很會幫人找好厝，很會看風水。再加上他又姓劉，劉與留同音。你想，一個叫做「留好宅」的人，怎麼會不讓人有些聯想？這就是劉宅好的命運。他的命運，絕對與他的名字有關。至於說，他為什麼叫劉宅好？卻一點原因也沒有。名字是他父親取的；他父親是瑞芳的一個煤礦工人，根本不認識字。

　　劉宅好從小就被人叫「好宅」，所以，他很自然的走上算命仙這條路。因為不是家傳的本事，他的算命事業開始得很辛苦。他的知識，大部分是東拼西湊來的，彼此還有些矛盾。不過，劉宅好也不在意。反正社會上的人都是這樣，誰不是對江湖事業一知半解？慢慢學就是了。江湖嘛！要是什麼都有個師承，都有個證書，那也不叫做江湖了。話雖如此，劉宅好還真的有個師父。那是他剛從瑞芳來台北時，在萬華認識的。只是那個師父訛了他不少錢，沒事就傳他天書。劉宅好對他那個師父，沒有什麼好話。

　　劉宅好在台北，想要弄個廟。凡是吃開口飯的人，都要有個「點」。這樣，人家才好找上門來。如果沒有「點」，那就屬於沿街叫賣一種；那種人的層次又低了，有頭面的算命仙不這樣做。電影裡面拿個旗子的算命仙，被富翁叫進家裡算命，那是不可能的；富翁怎麼會隨便在街上拉算命仙？沒有「點」的算命仙，沒有地位。社會上都是這樣，這種道理很容易明白。

　　但是，起廟要資本，劉宅好哪裡有什麼錢。掛單要人情，他又不敢碰社會上那種人情。最後，劉宅好在西門町的獅子林大樓裡，租了一個小套房。小套房的進門處，擺了一個神桌，勉強可以和客人喝茶談事情。神桌後面，有一尊大神像，幾乎碰到天花板。神像後面，還有一點小空間；劉宅好用碎石英在地上擺了個八卦，那就是他修行的地方。其實，劉宅好晚上睡在那裡。睡在神像後面，並沒有影響到劉宅好的名聲。因為一般人看見那些碎石英，都認為能夠在上面睡覺，大概是有點本領。去他那裡的人，倒是多半對那尊大神像納悶。奇怪它是怎麼搬進去的？事實上，那尊神像是人家拆廟時送他的。怎麼搬進去，是有一些奇怪。不過，江湖就是這樣。雖然光怪陸離，背後一定有道理。但是大家就是不去講道理，寧可相信它的光怪陸離。好像欣賞社會的光怪陸離，是一種非常必要的消遣一樣。劉宅好當然說那尊神像是自己來的；因為，他要吃這行飯。

　　就這樣，劉宅好有了自己的「點」；在裡面做起算命仙來。說也奇怪，他那個地區很舊，在台北馬馬虎虎；但是找他算命的人還是有。劉宅好的那點雞毛蒜皮知識，也滿管用。他又算命，又抽籤；弄得很像個樣子。很少人注意到算命講究固定命運，抽籤講究不定命運－可以由神明決定的命運。這兩種事情，在理論上根本就相互說不

通；可以說相信其中一種，就不可能相信另一種。但是，劉宅好的算命館就這樣開張了。沒有人去計較他的算法，他也不計較。江湖就是這樣。

劉宅好的算命館開了幾年，生意時好時壞，日子也時好時壞。中元節到了，劉宅好回瑞芳去吃拜拜。瑞芳出產煤礦，早就蕭條。所以，拜拜的飯菜不行，歌舞團也不行。換句話講，又不好吃，又不好看。但是，鄉下人的熱情還是有。老鄰居和小時候朋友，坐在一桌，把劉宅好當個發達的人物看。畢竟，他敢離開這裡到台北闖天下，不簡單。鄉下人保守，但是又尊敬不保守的人。劉宅好在瑞芳，得到他台北沒有的光榮和尊嚴。每個人都願意和他說話，好像和他說上話，也就變成一個敢闖蕩的人一般。劉宅好簡直忙於應付；忙到沒有空閒想一想，他為什麼這樣受歡迎？劉宅好不善於分析事情；不過，他也不需要分析什麼。人情世故本身，就足以應付他的世界。

吃完飯，大家閒聊，有點要散去的意思；劉宅好也準備要走。這個時候，阿旺來了。阿旺是劉宅好小時候的同學，他沒有離開過瑞芳，總是有一天沒一天的過日子。阿旺長相不好。在鄉下地方，長相不是很重要。但是，如果連鄉下人都說他長得不好，那恐怕是真的很不好看。

小時候，劉宅好和阿旺是好朋友。劉宅好並不覺得阿旺長得不好，他根本不大注意這些事。他只記得阿旺的聲音有些沙啞，還有一點大舌。另外，他的個子不高；現在，也就是一百六十五公分左右。然而，在阿旺做小學生的時候，的確因為長相吃了不少苦頭。誰都知道，小朋友沒有什麼壞心腸。但是，當他們看到長相奇特的同學，那

種笑聲和惡毒語言，是很厲害的。阿旺對於別人的嘲笑，總是沒有反應。實際上，劉宅好跟阿旺做朋友，也是因為阿旺受欺負沒反應。劉宅好曾經出手幫過阿旺一次；推開戲弄他的同學，說了幾句狠話！因為這件事，劉宅好那一學期－三年級下學期，還得到導師「羅大豬」的一枚獎章；紙作的獎章，上面寫著「勇敢兒童」。

　　阿旺沒有吃到拜拜。他早就來過，只是看見劉宅好，就又走了。阿旺不是不要見劉宅好，而是想回去把他兒子帶來；讓劉宅好給他兒子算算命。阿旺走了好大一段路回家，他的兒子已經睡了。阿旺把兒子從床上挖起來，兩個人又走了好大一段路，回到吃拜拜的地方。結果，拜拜已經差不多吃完。

　　劉宅好看見阿旺，從心裡面高興。但是，他一看見阿旺的兒子，驚了一下。他的兒子大概八、九歲，長得也不好看。也許是做算命仙的關係，劉宅好面對一個人，很有點職業上的直覺。這個小孩真是難看，恐怕命運也不好。他把這對父子從頭到腳，很快的掃了一遍，心裡面難過起來。劉宅好對於自己會難過，有一種異樣的感覺。同時他也很好奇，小時候，怎麼沒有發現阿旺長得這樣醜？劉宅好對阿旺招招手，大聲的打招呼。

　　「阿旺！好久不見啦！」
阿旺對於劉宅好的熱情，有點躊躇。雖然兩個人從小就是好朋友，但是，今天劉宅好在台北做生意，自己還在瑞芳打零工。阿旺對這種差別，也沒有什麼特別感覺。只是，他覺得，他不能對劉宅好太熱情。那樣會沒分寸，會讓劉宅好沒面子。

　　「你好。」阿旺也沒有太大聲，也沒有太小聲的回答。
　　「我有事情麻煩你，請你替我的兒子算命。」

劉宅好覺得阿旺和他有距離，但是不是感情上的距離。而是一種…那種距離，劉宅好很明白。有一次，一個流氓找他算命。流氓掛了一隻二手勞力士，旁邊女人的脖子上，圍了一隻假狐狸。劉宅好也感覺到一種距離；那應該是一種身份，一種很難跨過去的社會階級。

劉宅好對於這種距離，完全沒有一點得意。事實上，這是他看見阿旺父子後，第二次心裡面難過。他覺得有點孤單。平日在台北討生活，日子也不見得好過。今天，他站在這種距離的另一端，他很不習慣；他很想靠近阿旺，但是阿旺不靠近他。劉宅好覺得這種距離，使阿旺有一種奇妙的主動權，他反而很被動。一個人處在被動地位，總不會有好感覺。

「坐啦！飲一杯啦！哪有見面就談事情的！」在台北這些年，劉宅好雖然混得不高級；但是他的職業，讓他相當能夠處理場面。

「好。我敬你。」阿旺找了個空凳子坐下，自己倒了一杯啤酒。劉宅好馬上拿起酒杯。兩人眼神接觸的剎那，劉宅好充滿善意，阿旺則立刻去看別的地方。

「坐下，金土。自己找東西吃。」阿旺把身後的小孩拉到另一張凳子旁邊，小孩乖乖的坐上去。

「阿旺！你來啦！有沒有把老婆管好！」講話的是叫做「暗虼」的人，現在大家都叫他安哥－是這群人的老大。「暗虼」從小就很壞，很會欺負人。長大後，他還是欺負人。這種人無論在那裡，總是佔盡便宜－吃香，少吃苦。劉宅好職業性的看了他一眼，也看不出什麼來。命運好吧！什麼事都用命運來解釋，倒也不錯；看得比較開。

「阿旺！問你話啦！老婆好不好啦！」「暗虼」有幾分酒意，說話聲音很大。

「要不要我來替你管啦！錢可以少收啦！」對於這種又管人家老

婆，又收錢的事情，大家都很有興趣。

「話要講清楚！是誰跟誰收錢？啊－？」
一個叫做闊嘴的，怪聲怪調的跟著起鬨。隔壁桌的人也哄笑起來；社
會就是這樣，沒人知道跟著笑的，是什麼心理。笑可以表示很多事，
但是，很少表示快樂；多半，是表示應付、無奈、恐懼；以及對於應
付、無奈、恐懼的遮掩。無論如何，對於「暗屹」和闊嘴的無禮調
侃，大家都笑開。時間又回到了小學時代，阿旺仍然是個受欺負的腳
色；別人，則快速地在記憶中，尋找適合自己的身份。阿旺喝了一口
酒，沒有講話。他的小孩靜靜剝開一顆糖果，放在嘴裡；對於大人的
話，好像完全聽不懂。

「喂！好宅仙！給他兒子算命！看他是不是阿旺的！」「暗屹」
以命令的口吻說著。大家又是一陣笑。劉宅好也跟著笑，但是他心裡
有一些盤算。

「沒有問題！但是我算命很貴喔。」劉宅好點起一根菸，點菸和
拿菸的方式，都和這些鄉下人不太一樣。這一桌人安靜了一點。因為
這個闖台北的人，忽然不同了；他開始表現出一種…他們不太熟悉的
身段和姿態。當然，談到錢的問題，也可以讓很多人保持安靜。

「平常啊，我的生意也不是說很好啦！但是我有固定的客人，都
是些大老闆。」劉宅好瞇著眼睛，吸了一口菸，緩慢的看著大家。

「也就是說，給大公司作顧問，每個月固定有顧問費。幾家公司
加起來，也還好啦。」劉宅好把菸灰彈掉。有幾個人，仔細看著他彈
菸灰的動作。

「大老闆，多半脾氣怪。你們知道？有一個開車行的，不喜歡給
現金；說算命仙是清貴，是貴人就對啦。給錢俗氣。但是喔，每一年
送一台車！二手的啦，當然是二手的。呵，台北人講話還很客氣。說

可不可以啊？行不行啊？笑納啊。喂，笑納你有聽懂嗎？」

「所以啊，也不是很好混。你說說看，拿了車還不是要去換錢。我現在手上還有三台賓士，真煩惱！」劉宅好拿出一點江湖本領。

「噢！」闊嘴發出了短促的聲音。不知道是羨慕，還是陪著劉宅好一起「真煩惱」。

「不過，那都是看風水。做老闆開公司，最怕風水不好。風水不好，再努力也沒有用。再拼也只是燒錢！」劉宅好又吸了一口菸。

「對啦，風水很重要啦！」一個人這樣應著。

「你知道，我的店在萬華一帶。在那裡喔，也難免遇到兄弟。」

「兄弟也要算命嗎？」

「要嘍！兄弟鐵齒，平常不算。要被抓，被關的時候就要算；看看能不能過。」劉宅好又彈了彈菸灰。

「對這些兄弟，就是看看八字，看看面相手相。他們對我不錯！跟他們，我都不講價錢；他們自己會包一個紅包。大不大？你說咧？兄弟該出手的時候會大方。大家都跑江湖，他們算武的，我算文的。都是朋友啦！」

「對啦，八字很重要。看相也很重要啦！」一個人這樣應著。

「說實在，我是看一半。一半是我看，一半是神明指示。」

「喔！神明指示的喔。」說到神明，這一桌有好幾個人，把凳子拉近了一點。

「沒有錯。神明指示。我那裡有一尊三太子的，可能是全台灣最大尊的。」劉宅好張大眼睛，忽然開始打嗝。

「來了，來了。」闊嘴表示他很內行。

「以前不會呢。這幾年啊，只要我的心念一動，就會來。」

「喂！小朋友！不要嚇到！沒有事情！」劉宅好繼續打嗝。不但全桌沒有聲音，附近幾桌的人都望著劉宅好。他們對於神明這種事

情，心懷敬意。人是可以修行的，只要修到一個階段，就和一般人不同。這是他們都知道的事。

「好啦，阿旺。給你兒子看一下。看他命運好不好，有沒有什麼需要。沒有需要，要歡喜。有需要，要去替他做！」

阿旺把他的兒子，推到劉宅好前面。

「坐下啊，我給你看一看，算一算。你阿爸以前和我是朋友，你看不要錢的啦。」大家又發出一點聲音。有人看看阿旺，心裡怪怪的。覺得好像通過劉宅好，阿旺也受到神明的加持；剛才那樣笑話他，不知道會怎樣。

「來！坐好。啊！你這個年紀，就是以前我和你阿爸做朋友的時候啊。來！八字！報給我！」

阿旺把兒子金土的八字唸出來。劉宅好舉起手，在指頭上算一算。他又開始打嗝。

劉宅好算好，仔細的看金土。哎！這個孩子長得真不行！他的眼睛很大，但是太過於接近。沒有鬥雞眼，看起來也像有鬥雞眼。大眼睛上面，有兩道極為稀疏的眉毛；稀疏到幾乎沒有！眼睛下面，鼻子奇大！本來大鼻子沒什麼，可惜是一個大塌鼻；並且還鼻孔朝天！更大的問題是，他的鼻子雖大，嘴巴卻很小；甚至可以說，是很可愛的櫻桃小嘴！這種稀疏眉與鬥雞眼的配合，櫻桃嘴與大塌鼻的配合，很難不讓人發笑。說到臉型，金土的額頭很小，但是下巴很大。怎麼看，都像一個柚子！最特殊的，是他的耳朵。他有一隻招風耳。沒錯！一隻招風耳，而不是兩隻！劉宅好小時候，常常去阿旺家玩。他記得，阿旺的祖母有招風耳；但是他祖母是兩隻招風耳，這一點劉宅好非常肯定。所以，金土怎麼弄出一隻招風耳來！真是命運！

劉宅好想要說話，忽然抬頭看見阿旺。金土和阿旺長得不是很像，但是，他們有一個共同點：五官的配合糟糕透了。根據劉宅好的經驗，人長得醜，沒關係。很多大老板都很醜！最怕的不是醜，是好笑！一個人如果長得醜而且好笑，那就歹命了。因為這種人，從小就是被欺負、被取笑的對象。一個人如果從小就被欺負取笑，那還真的會成為習慣！那種習慣，也可以說，就是很會自我怨嘆、很會自暴自棄；那人生還有什麼希望呢？這一番道理，不是什麼相書上說的，是劉宅好的經驗。其實，在大都市裡，人看多了，哪裡需要算什麼！一個公司管人事的老先生跟他說：「什麼都長在臉上」。劉宅好以為，這句話很值得想一想；比很多書上講的，要有用！

劉宅好的頭腦震動了一下，明白為什麼看到金土的長相難過，看到阿旺的畏縮難過；因為，…「什麼都長在臉上」。金土的命運和阿旺一樣！他們都是一輩子受人欺負，抬不起頭來的人。

劉宅好的盤算，有了一點改變。原來，他只把心放在今天的場面上。對於「暗蚼」的命令口吻，他不大高興。他有辦法修理他！但是，現在劉宅好不這樣想。他忽然有一些從來沒有想過，也不敢想的念頭。好像有什麼事情，…把他的人格、事業甚至命運都串聯了起來。這些亂糟糟的東西，在劉宅好心裡閃過來閃過去。最後，他竟然有一點想要笑的感覺；劉宅好把菸熄掉，乾咳了一聲。
　　「咦，你這個小孩很難算呢。喂！阿旺，你有沒有報錯？」
　　「沒有啦。小孩八字那有可能報錯？」
　　「那就奇怪了。神明格呢！」劉宅好歪著頭，挑起一邊眉毛。
　　「神明格喔。」圍著桌子的人騷動起來。
　　「沒有錯啊！哪有可能這樣！我沒有看過這樣的！」

劉宅好又看了看金土；把他的下巴用手托起來，左右的晃動一下。

「嗯，是有貴相呢！你看，大眼睛！大鼻子！大下巴！貴啊！」劉宅好慢慢放下金土的下巴。

「這個八字上的神明格，…奇怪，是有貴，但是，為什麼有神明格呢？」大家也都交頭接耳的，對於這件事情奇怪起來了。好像金土的貴相已經被認可，現在的重要問題是，為什麼是神明格呢？

「啊！」劉宅好大喊一聲，把大家嚇了一跳；闊嘴凳子一歪，差點跌倒。

「就在這裡！耳朵！看見了嗎？」

「招風耳！一隻招風耳！」

「嘩！」大家發出了驚奇的聲音，都過來看金土的耳朵。

「真的啊！是一隻啊！」

「沒錯了！就是了！怎麼樣？沒見過吧？」劉宅好又拿起一枝菸，馬上有人給他點上。

「告訴你們！兩隻的不稀奇，王永慶也是生兩隻啦。」

「兩隻父母生！一隻神明賜！」劉宅好的聲音，低沉有力。

「喔，沒有錯啦。」旁邊的人急著附和。好像說得慢了，就不信神明或者缺乏知識一樣。

金土眨眨眼睛，對於周圍的事情不明白，也不關心。阿旺皺著眉頭，有點不知所措。

「喂！聽到沒有？阿旺！你有偷修喔！沒有錯啦！這個小孩福報大！」「暗蚼」大聲的說著，表示他站在神明一邊。但是，老大他還是要做；凡事的結果，都要由他宣布。劉宅好點點頭，看看「暗蚼」這個鄉下流氓，笑了一笑。

「要栽培！以後他會代表神明！要給他找好的廟和師傅。」

「也不能這樣講，師傅會來找他啦。」劉宅好很自然的，已經成為這群人的意見領袖。他抬頭找了找阿旺，阿旺早被擠到後面，幾乎看不見了。

「阿旺。安啦。神明什麼時候對他有指示，不一定。但是安啦，生到好兒子啦。」

阿旺還是皺著眉頭；這個命算的結果，太出乎他的預料。

「知道了。這樣就好了。」阿旺站起來，看看金土。

「那我們先回去了。」阿旺拉起金土，走了出去。沒有說再見，也沒有說謝謝；因為，他還有點摸不到頭腦的茫茫然。阿旺一點也不知道，今天晚上，他遇到了貴人。他的小學同學，在五分鐘之內，給他的兒子改了命！同時，也給他改了運！他們這對父子，在可見的未來，在瑞芳這個地方，會好過很多。

劉宅好搭十點鐘的火車回台北。進站剪票的時候，剪票員看著他，說了一聲「請」。劉宅好十分奇怪，他不記得剪票員會說「請」。他上了車，找了一個靠窗的位子；想了想今天晚上的事，又想了想他的算命仙身份。劉宅好忽然對他的職業，有說不出的好感。他好像在修行上過了一關，覺得生命很有意義。

火車緩緩開動。劉宅好有點累，閉起眼睛休息。朦朧之間，他繼續想：什麼是神明，什麼是命運；什麼是江湖，什麼是朋友。似乎很多事，都有了新的定義和解釋。他想了又想，他想了很多。只是，他一點都沒有想到，今天晚上，他也遇到了貴人。

投標
（完稿於 2009年10月20日）

　　那天去投標，很簡單普通的事。李福沒有帶任何人，自己慢慢晃到標場。其實，這種事，李福完全不必過問，經理處裡就好。為什麼要親自出馬？絕對不是因為案子重要，絕對不是因為要出現一下，把大家鎮住。只是因為，無聊。

　　無聊，是中年人的最大問題，也是讓他們做點事，提起點精神的最大動力。無聊是動力？問這個話的人，還沒進入中年。不懂？就像是…一個蘋果，快要爛掉了，不去啃它一口，也就爛了。李福常常這樣跟別人講，別人不明白；有時候，李福自己也不大明白。也許，那是一個爛例子？一個無聊的例子？無聊的例子還要講？這就叫做無聊。

　　李福抱著一堆文件，走到標場門口，打了一個呵欠。呵欠還沒有打完，一個年輕人走過來；穿著一身黑，梳著油頭。李福看了他一眼，把他在「表格」裡定位一下。李福的「表格」很厲害，是長時間累積出的「社會側寫」。他看一個人的言行舉止、穿著打扮，馬上了解那個人的身分背景，甚至個性。有個學佛的朋友跟李福說，他簡直有神通；有他心通、有宿命通…李福對這些說法嗤之以鼻。倒是他女

兒跟他說過，「側寫」的英文是 profile，警察和海關都受過這種
profile 訓練。李福滿重視這個。一來，警察和海關的事，應該注意。
二來，國際化嘛。什麼事情搞點英文，總是對的。女兒在美國讀書，
李福想到她，心裡甜了一下。

　　那個年輕人，走到李福身邊。抬了抬眉毛，做了個流氣的表情。
　　「阿伯。來投標的啊？」
李福點點頭，沒有說話。
　　「不要投了。人好多啊。不容易。」
年輕人遞上一隻菸。李福接過來，放在嘴裡。
　　「怎麼樣？阿伯？」
李福又想打呵欠。無聊的感覺又升起來。
　　「怎麼樣啦？」
年輕人的聲音還算平和，但是語氣有改變。
　　「有火？」李福揚揚手。
年輕人遲疑了一下，掏出打火機。李福看著他的遲疑。

　　點上火。李福正眼看著年輕人，深深吸了一口。然後，緩慢地，
把煙噴向年輕人。
　　「什麼要投不要投啊？」
年輕人咳了一聲。李福繼續看他。
　　「投標啊。不要投了。」
年輕人左右看看。小聲的說。
　　「你是哪一家？」
李福沒有回答。
　　「怎麼？不懂事啊？不要混啊？」年輕人態度轉強硬，不準備再

攪和。

ㄟ－？操！騎上頭了！李福剛要做反應，念頭一轉。無聊嘛，打發時間嘛。

「不大懂。沒經驗。」李福摸著下巴講話。

年輕人把頭側過去，冷笑一聲。

「怎麼派你這種老頭來啊？回去啦！下次不讓你們吃虧！懂嗎？」

「喔。喔。這是不是叫做…搓啊？」

李福提高聲音。雙手做著誇張的動作。

「幹！那麼大聲？」對方感覺到什麼，有了怒意。

「不懂啊。請教啊。」

李福擺出滑稽的表情，他很會這一套。百般無聊的時候，滑稽可以自娛娛人。

電子音樂響起。李福從口袋掏出手機。手機裡的人，哇啦哇啦講個不停。

「喂。大哥嗎？是我啊。怎麼回事？我把你那個經理罵了一頓。這種事情怎麼你出面呢？傳出去不好聽，人家會說我們沒規矩，或者以為我們沒人辦事。投標要圍的嘛！你怎麼一個人去呢？大哥！喂！你在聽嗎？喂！我們馬上到！三分鐘。大哥。你不要動啊，不要去投。唉！你要去也要帶人嘛！…」

李福的耳朵受不了。他把手機關起來，無奈的看著年輕人。

「三分鐘。還可以跟你玩三分鐘。」李福說著，有一種遺憾的樣子。

年輕人不知道怎麼回事。逼近李福，伸手推他。

「走！回去！不要投了！」
年輕人沒有碰到李福，把李福手上的文件打落一地。
「敢動手啊？」
修養再好也不行了；況且幾十年來，也不是修養好的人。李福覺得胸口發緊，血氣往頭頂衝。他一腳踹在年輕人肚子上！接著又是一腳！又是一腳！

　　兩輛黑頭車煞車！停在標場門口。車門一起打開，跳下來幾個壯漢，衝向已經被踢倒在地的年輕人。那個場面，就不必講了。
一個留著小鬍子的，走向李福。
「大哥。怎麼回事？心情不好？」
「沒有事。」
李福嘆了口氣，看著小鬍子。
「無聊！」
小鬍子看著李福，也嘆了口氣。。
「懂！我也五十了。」
「但是，大事要顧嘛。公司的事情…」嗓門又大起來。
「好了－！知道了！秦經理來了，叫他去投。那邊的，叫他們不要再打了。」
李福開始正常的指揮。
「回去吧？大哥。」小鬍子說。
李福抬頭，看著天空。顯然剛才那幾腳，對於擺脫無聊，幫助不大。忽然，他把腳上的鞋脫了。
「看見了嗎？鞋踢壞了！」
「怎麼講？」小鬍子問。
「等一下，叫兩個人跟那個痞子回去。看看他大哥是誰。」

　　「沒問題！惹我們，找死。」小鬍子點頭。

李福光著腳，提著他的鞋，走到年輕人前面。年輕人手摀著頭，趴在地上喘氣。李福把鞋扔在他身上。

　　「等會給我捧回去！我的鞋，兩萬五！別人送的，有紀念性，五萬！我喜歡的要命，七萬五！我的人跟你回去，拿七萬五回來！」

年輕人抬起頭，眼前有幾雙厚底大皮鞋圍著他。他看看李福的鞋，又從那幾雙大皮鞋中間看過去。看見李福光著腳，走向一輛賓士600。

　　上了車，李福做了個深呼吸。小鬍子從左邊的門進來。

　　「大哥！就憑你那雙臭鞋？也太離譜了吧你？」

　　「無聊嘛。」

李福皺著眉頭，很認真的講。

　　「真的無聊。」

小官兒遇鬼
（完稿於 2008年12月25日）

吳五德混得不錯。從國家銀行到私人銀行，都混得不錯。

吳五德從小就想做公務員，抱鐵飯碗；不愁衣食還受人尊敬。高二的時候，學校分組分科，準備升大學。那時候，吳五德下定決心，他不只要鐵飯碗，他要金飯碗！他要考進國家銀行。

吳五德的智商不差，很能讀書。高中畢業，順利的考入理想大學，理想科系。吳五德的考運也不差。大學畢業，又順利的通過高考，進入一家國家銀行。

銀行待遇好，吳五德的願望達到了。只是有一點，他好像並不很受人尊敬；至少，和他的理想有距離。吳五德發現，銀行真是一種最保守的行業。連帶的，他們的穿著打扮也保守；連帶的，他們的上下關係也保守。吳五德是個小行員，輩分低，年資淺，當然在同事之間受一些氣。可是，他的生活圈子也就是辦公室，如果同事都不尊敬他，他哪裡去找「尊敬」呢？很自然地，吳五德開始對顧客態度有改變。他發現，如果對顧客不客氣，官腔官調，就會受到「尊敬」。國

家銀行嘛。難道不知道國家銀行的行員是官嗎？不知道？那去國家銓敘單位了解一下，一個行員和一個部會主管，是不是都在同一條國家公務人員的升遷管線上？部長是官，行員不是官？不要把官員和公務員分得太清楚了。大家都是官，大官與小官而已。吳五德把這個道理想清楚後，在工作上頗有躊躇滿志的感覺。

過了幾年，隨著正常的升遷，吳五德坐上了小主管的椅子；開始不必和顧客接觸，而只和其他行員接觸。並且，他還可以坐在一些行員的後面，看著他們工作。吳五德把他對顧客的那一套，用在低階行員身上。但是，他覺得…好像，不過癮！行員和顧客不一樣！行員跑不掉！對顧客頤指氣使，碰到那些有個性的，還會頂他幾句，還會掉頭而去。可是行員呢？罵他十分鐘，他還是要坐在那裡；罵他兩天，第三天他還是要來上班。這個道理有趣極了。吳五德反覆推敲這個道理，直到把這個道理想透；把這個道理，完整應用在他的行為上。他開始了解組織，開始進入情況，開始真正作官。就這樣，吳五德又升了幾次，成了中級主管。

近幾年來，不景氣。銀行呆帳多，多到不敢跟外人講。按照組織通例，銀行主管要輪替，這樣，他們才會熟悉每個部門的業務。等爬上更高位置，才不會讓下面的人感覺主管外行。這個制度不錯，但是，如果出事情，也就各看造化。吳五德的大運，似乎走完。最不景氣，銀行要緊縮各種業務與人事的時候，吳五德正好輪到掌管放款部門！這是真正導致銀行虧損，並且看得見虧損的部門。吳五德手上有嚇死人的呆帳；有的是長年累積的，有的是他經手而產生的。無論如何，銀行對不景氣要有反應，要有動作；要有讓董事們感到「除舊佈新」的動作。吳五德的位子，當然要動。

公務員是鐵飯碗，銀行員是金飯碗。吳五德離開那個位子，卻不至於失業；這就是進入公家組織的好處。在各種安排、運作、妥協之下，他到了一家有官股的私人銀行；做一個分行的經理。這個結果不錯了，雖然吳五德並不很滿意。他把新名片的銀行名稱前，加上小小的「官股」兩個字。這樣他舒服一點。別人問起來，他也故作疑惑，然後說「喔。不懂。銀行印的。」

吳五德到了私人銀行，沒有多久時間，就發現別人很怕他。怕他以前是個官，怕他以前的那個組織。誰知道他還和什麼人來往呢？官嘛。不是都說官官相護嗎？誰知道那些官是不是還護著他呢？就這樣，吳五德觀察著這個新組織，又開始作起官來。方法很簡單：對內，表現出喜怒無常，上意難測的模樣；對外，充分利用電話展示權力。吳五德不停的打電話，並且大聲與對方講話。同事們都聽見了，吳五德不是和財政部朋友講話，就是和經濟部朋友講話。同時，話題總是很敏感，都和他們這家銀行有關。吳五德的這家分行，漸漸地有了一種特色。只要是經理講電話，大家都豎著耳朵不出聲，就怕漏聽了什麼事。吳五德有三支手機，他用三支手機輪流打電話。只是沒有人發現，他只有一支手機開機。官嘛，誰敢去看他的手機？

除去作官，業務上，吳五德並不是完全沒有困擾。主要的，是他現在做主管；要應付很多外面的客戶。因此，他是這個分行的最後一線，又是這個分行的第一線。對於要直接應付客戶這件事，吳五德很不習慣。這和以前小職員坐櫃檯不同，現在應付的客戶，都有點來頭，和他們交往，需要講一些社會上的道理；這些東西，吳五德不熟悉。吳五德的組織不是這樣，吳五德作官不講這一套。

　　吳五德有個朋友 C，在立法院作官。不過 C 除了作官，還作生意。C 介紹了一位陳先生給吳五德。陳先生在別家銀行有貸款，已經到了還本金階段。照理說，也就是開始輕鬆的時候。可是，C 從中介紹，表示吳五德轉到私人銀行，大家想做個面子。所以嘛，是不是可以給他點業績呢？陳先生大概和 C 有交情，這種事情竟然也答應了。

　　吳五德親自帶了業務登門拜訪。見到陳先生，話講得很漂亮。
　　「本行的利息低，…您運氣真好！剛好碰到一個新專案，可以還利息三年；人家只能一年，…因為 C 的關係，大家都是自己人，以後有任何問題，找我！我不在，我會介紹別人幫忙！利息問題真的很隨便，我能夠給你多低就多低，不要放在心上！」
陳先生沒有放在心上，本來就只是 C 的關係，賠錢做人情。銀行經理的話能認真嗎？跑業務嘛。陳五德看事情談成，把業務支走。
　　「陳先生，你看怎麼樣？因為 C 是大家的好朋友，我給您一個特別的服務！我另外給您一千萬貸款，不要任何利息。您想用就用，用多少算多少，我們再算利息。不用就放在那裡，把它忘記就好了。陳先生，社會很亂啊。…您要是有一天…也就是呆帳而已。沒關係。自己人，互相！好吧？也算是我的小小業績。不要放在心上。」
陳先生覺得，第一次見面，這個銀行經理講話有些離譜。不過，他也只是點點頭。業績嘛。人情嘛。真的不需要放在心上。

　　事情過了不久，陳先生發現吳五德的利息是低，但是兩三個月就調一次。調的幅度倒是不大，不過長久以往，比別家銀行要多付不少錢。這種情況，讓他有點不舒服；他感覺不到什麼「互相」的成分。陳先生找出銀行給他的單據，看見上面有個客服電話。他打了一個電話給銀行，客客氣氣的表示，利息調得太快了。怎麼回事呢？每個月

也沒有固定寄對帳單，弄不清楚啊。以後請每個月寄對帳單，並且，要把調利息的方式和依據也都給一份說明。至於那個奇怪的一千萬貸款，更是讓人摸不到頭腦，到此為止罷；不再借了。

吳五德那麼喜歡作官，喜歡他的人不多。他的組織，開始有點不正常。陳先生的客服紀錄，在行內廣為流傳，並且予以各種解讀。最後，那份紀錄被做成內部報告，放在吳五德桌子上。吳五德在報告上批了幾個字：「往後對於不肖顧客的謊報電話，應嚴格過濾，以免影響同仁士氣。」

吳五德是分行經理－所謂的「行長」。他最大，不會有任何事情。但是，吳五德認為他的「官箴」受損，讓他以後不好作官。他考慮了一個上午。等到中午客人少的時候，把協理、襄理都叫進他的辦公室。大家坐下後，吳五德拿起電話，撥給陳先生。

「喂！陳某人吧？我是吳五德！」

「不必叫我經理啦。不要套交情！對你那麼好！把你當朋友！你怎麼對我？嘎？你在背後捅我啊！」

吳五德一面大聲的罵人，一面走到門口，把門打開。

「喂！我跟 C 的關係你知道嗎？是真正的 buddy - buddy！…你是誰啊？我已經給 C 打過電話了！…你還想跟銀行來往嗎？不會有人借錢給你！…捅我？…不必講了！」吳五德把電話用力摔在桌上，眼睛瞪著協理。

「你跟他講！還想跟我講話呢。…莫名奇妙！你跟他講！」吳五德激動得不得了。至少，他看起來激動的不得了。

副理拿著電話，不知道怎麼好。小心地把電話拿到耳朵旁邊，對方已經掛掉了。吳五德走到門口，看見門口的小妹站在那裡，手上的公文

微微顫抖。吳五德知道，他的組織，已經恢復正常。

　　下午四點鐘，吳五德接到陳先生的電話。

　　「吳經理。我姓陳。」

吳五德沒有講話，換了一隻手拿電話。

　　「我大概知道你在玩什麼把戲。不過，你應該是玩過頭了。業務上的是非對錯，我都不講。你這樣在部下面前大罵我，是在利用我。我也有頭有臉，我不會接受。我只想告訴你，你作官好像做到外面來了。外面不是你做官的地方。」

吳五德想講話，陳先生打斷他。

　　「你喜歡作官，我就跟你玩作官遊戲。你們總行的董事們，都會接到一封信。簡簡單單的，說明你對顧客的態度。」

吳五德聽到顧客兩個字，感覺很異樣。

　　「我沒見過銀行經理這麼官腔官調。我認為你很不適任，你可能精神有問題。我會跟總行的人提議，建議你退休。」

吳五德發現，他的組織觀念好像有點扭曲。奇怪了！銀行是他的地方。陳先生到他的地方，反而說他跑到…什麼…外面去了？吳五德一下子轉不過來。不過，他對於對方的後半段話：找他的上司去談他的工作，以及可能的後果，倒是聽得非常清楚。

　　「ㄟ！ㄟ！陳先生－。我說陳先生。你一定誤會了什麼啦。有話好講嘛。我以為大家都是朋友，又加上Ｃ的關係，是吧？喂！喂？您還在聽嗎？喂－？陳先生？陳先生？」對方掛了電話。

　　顧客兩個字，在吳五德腦子裡漸漸放大，他的思路也跟著清晰起來。…下班之前，吳五德給陳先生打了很多次電話，但是沒有回應。無人接聽的鈴聲，讓吳五德開始慌亂。離開辦公室前，他毫無意識地

把茶葉放進菸灰缸裡，並且沖上開水。

　　那天晚上，通過 C，吳五德要到陳先生的另外一支電話。

　　「陳先生！請您不要掛電話。我是吳五德，我給您道歉，給您道歉。請您不要掛電話。」
對方沒有掛電話。

　　「陳先生，您大人大量。我跟您講。我最近…唉，不知道怎麼回事。喂？對不起，對不起。陳先生，您不知道…我周圍有很多冤親債主啊！真的。很多法師都跟我這樣講。不知道跑了多少廟宇…喂？…對不起，對不起。真的…有很多圍著我。我每天晚上都唸經贖罪。真的。我修行很久了，常常頭腦不清，言行不一。得罪您了。您看，看在冤親債主的面子…啊啊！對不起，對不起！看在您的面子…不不，看在小弟的薄面上，給一個機會，請您吃飯，向您道歉。」

　　「大家都有點身分。你當著那麼多人罵我，要怎麼道歉？」

　　「晚上，今天晚上！襄理、協理都來！沒有問題！吃您辦公室旁邊的那一家高級牛排館。沒有問題！」

　　「吃頓飯，要動刀啊？」

　　「您說笑。您說笑。那吃…我記得您那裡還有一家…吃酸菜白肉火鍋？」

　　「跟你一起洗筷子？」

　　「您說笑。您說笑。您看…？」

　　「吃什麼都一樣，花得到你的錢嗎？你要不要我告訴你，你每個月多少辦公費、公關費？」

　　「…」

　　「你們銀行旁邊。烤鴨那一家。六點二十。」電話掛掉了。
吳五德鬆了一口氣。那晚，他睡得還算好。

　　第二天下午下班，吳五德等到六點半，才走出辦公室。他沒有告訴同事這件事，當然不會有任何人一起去。道歉無所謂，當眾則免談。以後怎麼管人啊？吳五德下意識的冷笑一聲。到了餐廳門口，他從玻璃窗外張望，找兩個人的桌子；看看陳先生到了沒有。沒有啊。忽然，吳五德看見一張大桌子，坐滿了人，有人跟他招手。他錯愕了一下，也回手打招呼。

　　吳五德到那一桌，看見陳先生坐在最裡面靠牆的位子。
　　「吳經理。來這裡坐。」
其他的人，完全不認識。吳五德很後悔沒有帶人來。他左看右看，又覺得，還好沒有帶人來。最後，向大家點頭，笑容很勉強。
　　「吳經理，你也坐這一桌啊？」
一個叫阿嬌的熟識領班走過來。吳五德對她招招手，正想講話。
　　「喂！我大哥在這裡吃飯！點菜的事，找我鳥蛋處理就可以！」
一個平頭的聲音很大。
　　「是－。哥哥。要吃什麼？」阿嬌很快的跑到鳥蛋旁邊，滿臉笑容。
吳五德很納悶。阿嬌怎麼和平常不大一樣呢？他小心的看看每一個人。
　　「我大哥不隨便出來。有什麼好吃的，介紹一下！」
阿嬌在外面久了，場面應付得很好。
　　「您看呢？酒席可以做到九千塊錢。」
　　「九千？」鳥蛋看看大家，吸了吸鼻子。
　　「妳也太看不起我們了吧？妹妹！」
　　「那…大哥！您看吃什麼？」阿嬌看看坐在裡面的陳先生。
　　「ㄟ－！不要往那邊看！拉關係啊？大哥是你叫的嗎？我混了很

多年才能叫他大哥啊。」鳥蛋用手指戳戳阿嬌的膀子。

「是－。哥哥。您說吧。」阿嬌嫵媚的瞟了鳥蛋一眼。

「好－。這樣！照九千的底做，但是有幾個菜要換掉。」
鳥蛋看了看菜譜。

「魚翅羹換排翅。一人一份！沒問題吧。」

「好！有排翅。給你們最好的。」
鳥蛋繼續看菜譜。

「嘎－？。醃篤鮮也上酒席啊？醃篤鮮不是放家鄉肉的嗎？」

「呵呵。一般都是這樣啦。」阿嬌笑得高興。換貴的？她沒意見。

「醃篤鮮換一品鍋。兩隻火腿爪尖。加好的筍！苦的我捶你啊。」

「知道啦。苦的話我陪你吃宵夜！」

「ㄟ！你還真亂啊。我大哥在這裡啦。不要講葷的！」
大家笑起來。

「來。繼續。不要魚。換龍蝦。清蒸…我看…三隻好了。夠嗎？
大哥。」

「還有。牛小排不要。換鮑魚。不找妳麻煩。五頭的就好。」
阿嬌臉擠到一起。做了一個可愛的鬼臉。

「哥哥！你要鮑魚，我已經要去倉庫找了。五頭的…」
鳥蛋抬頭看看阿嬌，表情出奇的和善。

「我說了不找妳麻煩嘛。我們今天吃得慢，不到九點不會散。你
去想辦法。反正今天是銀行大經理請客，價錢不考慮！」

「好！哎呀！我最喜歡你們這種客人了。又大方又幽默。」
阿嬌飛快的在小本子上記著。完全沒有看今天的主人－銀行大經理吳
五德。

「對了。鴨子要不要啊。我們是烤鴨店…」

「喂！妳黑店啊？要吃死我們啊？」

「我愛吃烤鴨。」一個胖子講話。

鳥蛋皺皺眉頭。

「聽到了吧？那個胖的捧妳場。妳跟他去吃宵夜好了。」

「你們常來。我跟你們所有人去吃宵夜。」

「我的媽ㄟ。妳還真是給鼻子就上臉。不過⋯妳真是很漂亮。」

阿嬌心情很好。

「酒呢？」

鳥蛋又看看大家。

「昨天都喝掛了。大哥！淡一點好了？」

「這樣！先來一瓶皇家禮炮二十一年，一瓶約翰走路藍帶。口味不一樣。」

阿嬌遲疑了一下。

「妳又有意見啊？剛才不是說妳漂亮了嘛？趕快叫小弟找！否則不啃烤鴨啦！啃妳！」

大家又都笑了。吳五德沒有笑，他感覺有黃豆大的水珠，從額頭上流下來。

「回來！話還沒講完。我大哥在這裡吃飯，有規矩。第一！除了妳，其他小姐不要過來！第二！十公尺以內，叫客人講話小聲！替我打個招呼！」

鳥蛋拉拉衣領，向隔壁幾桌投以銳利的眼神。

說實在，這頓飯吃得很輕鬆。陳先生沒有特別介紹吳五德，也沒有多說話。只在最後表示，吳經理人不錯，都是自己人，以後大家可以多找他幫忙。不過，這頓飯酒喝得多一點。最後，吃了吳五德將近五萬塊。吳五德沒有現金，只好跟阿嬌掛帳，表示明天一定還。阿嬌答應得很爽快，誰怕銀行經理欠帳？銀行經理最有錢了。

　　第二天中午，快十二點鐘，幾個人進了吳五德的銀行。帶頭的人和警衛打招呼，和行員小姐打招呼；好像跟誰都很熟。他們直接走進吳五德的辦公室，把門關上。

　　「Hello！大經理！我們跟你談生意來了。」
講話的是鳥蛋。穿得很體面，西裝筆挺。

　　「哈哈。小事情。不過是貸款罷了。只是…抵押的問題而已啦。」
鳥蛋笑得很開心。

　　「對了。吳經理好酒量啊。中午再『搬個小火山』？邊吃邊談問題。」
鳥蛋轉過頭，看看其他幾個人。那幾個人，從相貌到打扮，都是十足十的另類人物。他們似笑非笑，也不說話。看得吳五德心裡發毛。

　　「你們不知道，吳經理人多豪爽。嘿！人脈廣！上至立法院，下至區公所，都有交情。以後你們有事，盡量來找他。他有求必應，菩薩心腸！對吧？」鳥蛋的笑容忽然不見，一張大白臉完全沒有表情。

　　吳五德呆呆的看著鳥蛋的臉。他想到了他師父，想到了《地藏王本願經》，想到了一句經文：「諸大鬼王…皆來集會」！吳五德嚇了一跳！怎麼回事呢？怎麼會冒出這一句呢？冤親債主又來了麼？怕不是啊！怕是牛鬼蛇神天龍八部都到了啊！吳五德覺得眼冒金星、手腳發軟。

　　「我們…找地方吃飯。有事情好商量，…有事情好商量。」
吳五德起身，可是就是站不穩。最後，他彎著膝蓋，歪歪倒倒的去開門－像一個「跳加官」的小丑。鳥蛋看著吳五德，伸了伸大拇指。

　　「大經理。我看你還要發！大家看到沒有？走路都邁官步哩！」
吳五德手握在門把上，竟然打不開！竟然打不開自己辦公室的門！他慢慢轉過身，耳朵裡又響起了那句經文：

「諸大鬼王…皆來集會」

「諸大鬼王…皆來集會」

今天晚上吃水餃
（完稿於 2007年2月6日）

　　我最煩家務事！分財產的事，怎麼會扯到我頭上？早上焦頭打電話給我，要我陪他到雲林去巡一趟。說我膀子粗，個頭大，去給他岳父家壯場面！原來我以為什麼人欺負他，表示那有什麼問題！後來知道，是焦頭老婆兩個哥哥爭財產，要在祠堂裡面講理。我馬上洩氣！我算是誰，去扯人家家務事？難道要我去人家祠堂裡發飆？道上有道上規矩，這算是什麼壯場面？傳出去很丟人！況且，焦頭這個人我明白，摳！紅包一定很小。

　　沒有風，在火車上就不舒服。下了火車，又換了好幾趟車。轉彎末角，到了一個叫做下田尾的怪地方。天氣熱，什麼都發亮。大太陽把所有的東西，都罩上一層金光。各種景物都清楚得很假，我一點也不高興。我喜歡五光十色的夜台北。我本來就不喜歡白天！不喜歡大自然！何況，一個看起來很假的大自然。

　　到了焦頭老婆娘家。門口有一個缺門牙的女孩，蹲在地上小便。一看就精神不正常，嘴角流著口水，要拉我的褲子。還不清不楚的叫我「大哥哥」「大哥哥」。什麼東西！憑什麼叫我哥哥！我正想罵她，

忽然看到她眼中無神，並沒有看著我講話。我在大太陽底下立刻打冷顫！我的世界裡沒有這種人。對這種不知道怕是什麼的白痴，我很怕！不騙你。從心裡發冷，從背後發毛的那種怕。我罵她的那句「幹伊娘」，和檳榔汁一起攪在嘴裡，吞不下去，也吐不出來。

一進屋子，迎面來了一陣冷氣。裡面很黑，看不清楚。只覺得和外面的光線熱氣都正相反。好像一腳踏空，要被吸進去一樣。忽然覺得旁邊有一塊白影，轉頭一看，一張大白紙！貼在門板上！上面寫了好大的兩個字－「嚴制」！幹！我真的沒有見過字寫得那樣大的！腳下有點不穩，踩到旁邊焦頭的腳。我大聲罵了他一句「伊娘啦」。但是沒有用，一切都不對。

說實在，我們這種人，平日在社會上攪和。對於身旁的各種情況，比一般人敏感。也就是說，照子亮！這個場面，我知道，我根本就不該來。沒有人怕我！我沒有施力點！人家家裡死了人，小孩吵架，心思都集中到一些特定事情上。當暴力碰到這些亂七八糟的事情時候，他們感覺不到暴力。他們不能分神來怕我！我對這種事情懂得很透徹。我唯一能做的事情就是裝傻。不要讓他們看出我是兄弟，是橋頭里的角頭。最後，摸摸鼻子走路！

喪家的女主人七十多歲，叫劉樹。男人死了一個月，竟然沒有下葬。說是兩個兒子吵著爭財產。老太婆沒有辦法，只好兒子一吵她就哭。一哭就嗆天呼地的叫老伴，好像要他從棺材裡跳出來幫她。所以棺材一直放在後面祠堂，做為對付她兒子的護身符。

焦頭是這一家的女婿，家境可以。聽說，女兒也不爭什麼。只是

因為心疼媽媽，所以叫她老公回來幫忙。我的腳色，是女婿帶回來穩場面的，不要她媽媽太難看。我和劉樹一邊，對付還沒見到的兩個哥哥。這種推論和態勢，是我的照子告訴我的，不是焦頭告訴我的。焦頭那個驢蛋，老婆說什麼就做什麼，沒主見。我這一趟的任務，就是替他撐腰墊背的貨色！一個黑社會老大，被小時候的鳥同學，弄到鄉下一個辦喪事的小屋裡，來保護一個老太婆，來處裡人家怎樣分錢。⋯又不會分給我！我要倒楣了。我在社會上的雄風美名，要在我不該出現的場合，不會處理的事情上，被踏扁。

我就知道，老太婆要開始哭了。哭也沒什麼，還要對我跪！夭壽！我只有把人打到哭。還沒辦事就哭，沒安什麼好心！紅包會縮水！至於說下跪，也不是沒有人對我下跪。有一次，我一拳把一個欠我錢的痞子牙打掉，他也給我下跪。只是，那個角度很適合我再給他一腳，結果他又掉了兩顆牙。現在，我也很職業性的在算角度。⋯忽然想到她是一個老太婆！你知道那種感覺嗎？幹！

火車上的不舒服，悶熱的天氣，門口瘋女的眼神，寫得太大的「嚴制」⋯還有老太婆的哭叫，都混在一起了。我開始流汗。在黑漆陰冷的屋子裡流汗。我要做什麼？我幹什麼在這裡？我除了浪費一天，還有嚴重損失。大家不知道我是誰，大家不怕我。我的尊嚴已經被扯掉一角！我的心情很不好，這會影響到我明天也不好！就好像一個一萬塊的妓女，被叫到房間，結果人家退貨！害她以後也不好賣！唉，什麼好貨，被弄到不識貨的人手裡，都是這樣！

又哭又鬧一陣，老太婆看我沒有什麼反應。竟然給我來一個匍匐前進！爬到我的前面，拉我的褲子，鼻涕滴到我的鞋子上。我這才想

到外面的那個瘋女，大概是老太婆的什麼親戚，不然怎麼都會這一手！我想要請教，對於這種滿地爬的老太婆，黑社會要怎樣處理！

倒楣的事情還沒結束。外面來了一部警車，咿喔咿喔的叫。到了喪家門口，下來兩個警察！焦頭走到門口，大聲的叫「阿基！阿輝！」明白了嗎？老太婆的兒子，是兩個警察！

還沒有時間罵焦頭，人家已經進屋子了！說也奇怪，兩個兒子一進房間，我就不流汗了。一聞見制服的味道，嘿嘿，所有的神經就快速恢復正常！憑我黑社會三十年，什麼事情不能解決！我一輩子只信兩個字，就是生存。所以，我在街上是老大，在牢裡是老大。在KTV 是老大，在茶室也是老大。…在今天這種莫名奇妙的該死場合，我還是老大。當然，今天老大很難做。但是憑我能屈而能伸，有力而詭詐；憑著我生存二字的神主牌，看我今天怎麼耍！

開始各種正常運作！先主動的打招呼「基哥！輝哥！」聲音響亮有力。條子的照子也很亮，看我一眼但是不答腔。給我下馬威，建立階級！沒有關係，戲要繼續演。送上檳榔，不吃？也沒有關係。香菸總要抽吧。

香菸抽了一下，沒有人講話。但是有人神經繃得很緊，我看得出來。多半故作瀟灑的人，都很神經質。我不但不流汗，而且真的輕鬆起來。因為我漸漸看到一種藍圖，一種劇本。一種可以開始演的戲。只要我的評估不錯，這個戲有賣點！我知道如何脫困和收場！這些戲都在我的腦子裡面轉。這就是可以做老大的本錢，隨時編戲，隨時演戲。打人？基本上我最近很少打人。

對啦，戲上演啦。老太婆首先忍不住，開始罵人。罵得又快又狠毒，剛才的那一套沒有了，換招了。我站一邊，差點笑倒。老太婆罵三字經呢！你懂嗎，誰都可以罵那兩個警察三字經，就是老太婆不可以！她難道要自己搞自己嗎？接著，焦頭老婆加入戰局，也罵得又快又狠毒。這次我就很有經驗，仔細聽她有沒有罵三字經。結果，也有兩三句！真是趣味！難道平日他們都是亂的嗎？這裡面最沒種的就是焦頭。他站在一個角落，好像和他老婆一邊，又好像是局外人。他老婆扔了一個杯子到地上，一個碎片跳到他臉上，馬上出現一道小口子。焦頭也立刻加入這個亂局。不過，他不是吵架，而是一直問他老婆哪裡有萬金油。沒有人要理他，他竟然去問他岳母！老太婆轉過來罵焦頭！整個房間，被兩個女人搞到烏煙瘴氣。我開始懷疑，是誰要霸佔家產！這時候，那個外面尿尿的女孩爬進來。笑了一下，然後開始大哭。現在有三個女人鬧，屋頂要被掀掉了！

我一直在看那兩個警察。他們沒有什麼動靜，在這種槍林彈雨中，還坐在椅子上抽菸。女人們的攻勢有加強的企圖，她們越來越靠近那兩個男人。照這種態勢下去，下面就要有全武行！我發現阿輝移動了一下身體，眼睛沒有目的的看了看地下。阿基的嘴巴抿在一起，眼睛很快的眨了幾下。這種事情都逃不過我的觀察，這種事情都有意義的。你懂嗎？平日裏，我就看這些事情，決定我的行動。這兩個傢伙要走了！

我動了一下肩膀，脖子響了一下。兩個警察在這種混亂中，也很警覺。我看阿輝一眼，抬頭看天花板。我再看阿輝時，他也抬頭看天花板，然後直直的瞪著我。同樣的事情，我也對阿基做了一次，阿基的反應是用眼睛把整個屋子掃了一遍，然後直直的瞪著我。

　　忽然，阿基把槍掏出來！小小聲的講：

　　「不要裝了啦。認出來了啦！」

阿輝把手臂搭到椅背上，慢慢把腳翹起來。聲音更小：

　　「你就是那個在北投收帳，還把人家老婆肚子插一刀的！」

阿基的槍口動了一下，眼眉也動了一下。

　　屋裡沒有聲音了。真的沒有聲音了。一切都從我脖子響了一下，變到別的事情去了。就好像電影裡，一個場景忽然接到一個不相干的場景。原來的三個女主角退場，三個男主角上場。我拿起地下一個空寶特瓶，差不多像慢動作一樣，把瓶子丟向阿基。阿基很輕易的閃過。阿輝則像彈簧一樣跳起來，撲向我。

　　「襲警啊！現行犯啊！抓起來！」

　　「不要動！動就斃了你！」

現在警察的聲音大起來。兩個人比剛剛那三個人的聲音還大！阿輝抓住我的手臂，扭到後面。另一隻手勒住我的脖子，就把我向門外拉。

　　「帶走！」

　　「伊娘啦！以後不要過新竹以北！」

我邊走邊罵。過門檻的時候，還很用力的踹了門一腳。就是那個有寫了大字的門。門環響了幾下，整間屋子裡還是沒有聲音。我被他們拉到門外，拉到陽光裡面。屋子像是一個張著嘴的怪物。張著嘴，但是發不出聲音。嘴裡面有三個女人，和一個驢蛋焦頭！

　　警車停在路邊。阿基跳上駕駛位，阿輝把我推進後座。我瞄了屋子一眼，它還在那裡張著嘴。什麼聲音都沒有，我注意到門板上的白紙，很像一顆牙齒。

　　警車開始咿喔咿喔的叫。土路走完了，轉上了柏油路。外面一切都還是一樣，都在陽光下發著亮，而且有點刺眼。阿基在一個檳榔攤停下車，向西施拿了一包檳榔。回到警車旁邊，他踢了輪胎幾下。鄉下的路不好，弄得車身都是灰塵。阿基進了前座，發動引擎。車子顛簸了一下，走上省道。

　　在後座，阿輝看看我。
　　「會裝喔。很會扔汽水瓶喔。」
　　「會裝喔。什麼刀子刺肚皮喔！」
我把頭靠在椅背上，調整到舒服的位置。看看阿輝。
　　「幹！不裝行嗎？不裝能救你們出來嗎？」
　　「幹！是救你自己吧！大哥！到人家祠堂來收紅包嘍！很好混喔！」
阿基把檳榔丟到後面。
　　「哪裡！你們上次新竹賭的還沒有還喔！難收喔！不好混喔！」
氣氛稍為了冷了一下。阿輝推推我：
　　「欸！晚上要去掃一個場子。一起去一下，看清楚，不要對不起朋友。」
阿基從後照鏡裡看看我。
　　「要不要先去吃水餃？」

　　老大的一天又過去了，就是這樣。焦頭看到我丟瓶子，看到我被帶走，紅包不大不行！阿基阿輝被我救出來，人情先欠著！場子是誰的，了解一下！做做警方仲裁者！神氣！雙方都又有人情，再欠著！晚上就是這樣過。水餃吃一吃，看看再怎麼攪和！

李老大的兩個小時
（完稿於 2009年2月20日）

　　李老大是一號人物。每天上午，他只進公司兩個小時。和他見面，要先安排時間。今天是星期三，他要見沈六和張董。

沈六

　　十點半，沈六推門進來。

　　「ㄟ！沈六。來啦。坐！」李老大站起來。

　　「老大。有好事情。」

沈六是個大胖子。

　　「那麼急啊？坐下。喝喝茶。豆花！倒杯茶！」李老大對著門口叫。

沈六一屁股坐進長沙發。沙發咕咚的響了一聲。李老大走過去，坐在他旁邊。

　　「什麼好事？」

沈六從口袋裡摸出一張照片，照片有點折痕，也有點髒。

　　「你看日期，上禮拜照的。」

　　「喔。船啊。」

「好船！我們台灣自己造的遊艇。漂亮啊。」

「要賣？」

「要當。」

「船舶，我們是可以接受。」李老大拿過照片，仔細的看著。豆花走進來，把茶放在沙發旁的小桌上。豆花二十多歲了，當過兵。有點遲鈍，容易激動。不過他很佩服李老大，很聽李老大的話。像豆花那樣的人，在社會上不容易找事。李老大讓他進公司，算是對他有恩情。

「船在哪裡？」李老大把照片還給沈六。

「對方說，先不講。」沈六看著李老大，神態很誠懇。

「搞神祕啊。」

「不是。因為是大物件。有時候怕見光死。」

「我明白。這種物件要談，有階段性。什麼階段說什麼話。」

「老大見識廣。」沈六拿起茶杯。很快的又放了回去。

「茶不錯的啊。」李老大走向辦公桌，從抽屜裡拿出一個放大鏡。

「嘿嘿。不是啦。老大。你知道我胖…流汗。」

「不好意思。」李老大拿著放大鏡走回來。

「豆花！拿冰的可口可樂！」

「不客氣！」

「沒事！我疏忽。ㄟ。照片我再看。」沈六把照片拿給李老大。

「船主是有錢人。買船好玩的。最近也是經濟問題，要稍微開源節流一下。」

「嗯。豪華的船啊。」李老大看著照片。

「豪華！主房、客房、遊樂室、電子通訊…」沈六喘了一口氣。

「吧台、廚房…聲納、整套魚具…」

「看得出來，只是…」

「絕對合法！一切證照齊備。保險完整…」

「那都是一定的。」

「價錢好說。」

「這些都不是問題。反正過一手，我們就有錢賺。噸數？」

「總噸 50.4、淨噸 15.6…」沈六吃力的翻動身體，從褲子口袋找出一張紙條，繼續唸著。

「船身有 20.2 公尺長、雙柴油引擎 2000 匹馬力、每小時跑 20 海浬…」

「嗯。我對噸數有興趣。」

沈六停下來。有興趣是好開始。李老大又拿起放大鏡看照片。

「清過艙沒有？」

「有。清潔溜溜！乾淨得不得了。如果有人要看船，我們不必再處理。」

李老大看著沈六，笑了一笑。

「沈六。我們算不算自己人？」

「當然是啊，跟老大這麼多年。」

「好。」李老大向後倒，把身子埋進沙發。

「自己人就講自己人的話。」

「我告訴你，這艘船的吃水線不對。艙裡有貨。而且，這些貨還滿重的。」李老大又笑了一笑。

「現在這艘船，要放在我這裡，可以。什麼貨，我不問。但是如果出事，這批貨算是誰的？要我背嗎？你懂吧？」

「老大。我這裡也是好幾手了。您說的這些事情，我不知道。」沈六有點緊張。

「我知道。沒事。但是我們不能不防。我們不擋人財路，但是，

也不能不清不楚的被利用。是不是？我的生意單純。」李老大笑容滿面。

「告訴你的上一手，我這裡局面小，暫時接不下來。」
至於船上是什麼東西？沈六的上手是誰？他對整件事情知道多少？李老大都沒有再問。

「晚上喝酒？六點？」

沈六走了。李老大撥了一個電話。
「港務局？找樊主任。…喂，二哥！有事找你了解。…當然是好事。」李老大講話很從容。

張董

十一點十五分，張董來了；一個緊張的人。大家叫他張董，可能有點開玩笑的意思。因為，他是個小舖子老闆；在李老大公司後面賣快炒。不知道為什麼，開餐廳的人多少喜歡賭錢。可能是作息時間特殊，不能從事一般的休閒娛樂；同時，現金交易，手上總是有兩個錢。張董也是如此，喜歡賭。並且，他還喜歡喝兩杯。酒和賭加在一起，一個人的生活就不容易正常了。

今天，張董還是很緊張；氣色也不好。進來以後，拘束的和李老大點點頭。
「張董。近來可好？」李老大坐在辦公桌後面，把腳翹到桌子上。
「最近不好。老大。」張董站在桌子前面。
「為什麼？」
「不景氣嘛。」

「媽的鬼扯。你這種店的生意最好。我看你開店也有十年了，跟景氣不景氣一點關係也沒有。爽！吃。弊！還是吃！」
張董笑了笑。

「坐吧。不要站著講話。什麼事？」

「沒什麼啦。來看看老大。」

「沒有這種事。我在聽著。」
張董站起來。李老大對他擺擺手，示意他坐下。

「老大。最近我手頭不方便。」

「沒有問題啊。我這裡本來就是『金融事業』。要借嗎？咦？你好像上次的還沒還清嘛？」

「嘿嘿。」張董尷尬的笑。

「我的意思是…上次借的很久了。您這裡的利息…」

「一樣喔。和別人一樣喔。」李老大搶著講，聲音沒有提高。

「我知道。您誤會了…我應該付利息。只是現在…有困難。」
李老大沒有打斷他，靜靜的聽張董講話。

「其實，也沒有問題啦。只是…我現在又欠了人家錢。唉，怎麼講呢？」
李老大看著張董，臉上沒有什麼表情。他很明白這種事情。喜歡借錢的人，總是在借錢。有一句老話「拆東牆，補西牆」，最能夠形容他們。周轉嘛！像是圓周一樣的週而復始，轉個不停。沒有結束的一天。李老大很快的算了一下張董的帳。借 20 萬：月息 60 分，一天 4000，一月 12 萬。三個月要結清。拖了半年…72 萬。可以了。但是，就這樣算了，不合規矩。

「這樣吧。你說。又欠誰的錢。」

「欠貴哥。」

「狗二啊？你還是每天賭？」

「手氣不好。…但是，上個星期六還好，有轉運的機會！那天啊。嘿！十三支。結果前度和中度…」

李老大抬起手，要他不要講了。

「轉運好啊。賭就是要有本錢。否則運氣來了，可惜掉了。」

「對啊。一定要翻回來！」

「對！一定要翻回來。要賭就要有氣魄。」

張董的臉微微發光，氣色恢復了一些。李老大轉了轉眼睛。

「欠了多少？」

「三十幾萬。」

李老大心裡打算盤，嘴巴沒有停。

「我們老朋友了。我借你六十萬，扣上次的二十萬。你拿走四十萬。」

李老大停了一下。

「狗二我很熟。我替你去『喬』，看看是不是可以少還一點。其他的，就看你自己的本領。」

「謝謝老大。謝謝老大。」

「利息照舊。」

張董完全恢復正常了。

「老大你是菩薩。你是菩薩。隨時來店裡用餐。」

「隨時擺桌可以不可以？」

張董走了。李老大又拿起電話。

「狗二。…最近削爆了啊？…沒事。幫你討債。…拿一半！他會回去你那裡賭。手上有幾十萬。…晚上喝酒？九點？」

上午兩個小時，就這樣過去。有的生意談成，有的生意沒談成。

但是，無論談成沒談成，應該都有後續。李老大抓抓頭皮。今天是星期三。今天上午，和任何一個星期三上午，都沒有什麼不同。

功德伯
（完稿於 2010年2月24日）

　　要做好人，這是一定的。道德最重要，公義最重要。人要積善，要做功德，沒有錯的。活了這麼大歲數，難道這個也想不通嗎？林通把滿頭白髮攏到後面，仔細紮起一個馬尾。留長髮很好。可以讓人想起古人，想起藝術家，甚至想起女人。

　　林通並不很老，大概六十多。但是他的頭髮白，顯得老氣。林通不在乎老氣，他講話也老氣橫秋。老氣好。老氣和他的形象相合。林通低頭整理衣服；運動衫加牛仔褲，看起來很隨性、很平和。舊？舊的更好。活動一下筋骨，準備出門。想到了出門兩個字，林通牽動嘴角，微微地笑了笑…

　　一個小孩，騎著三輪腳踏車，在社區公園裡繞著。林通把他攔下來。
　　「不要在公園騎車。危險。知道嗎？」
小孩抬頭看著林通，眼神中有畏懼，像是第一次看見幼稚園老師。小孩的媽媽跑過來，不知道發生什麼事。
　　「不要在公園騎車，很危險。政府有規定。小朋友要教。像他這

麼小，好像一張白紙。教他變好，就會變好。教他變壞，就會變壞。
知道嗎？要教小孩守規矩，這是做父母的責任。」

母親很年輕，對於帶小孩的確沒經驗。一連串的變好、變壞、責任、
「政府」…她有點迷惑。小孩期待的看著母親。母親看看小孩，又看
看林通，露出一種尷尬的表情。

「謝謝你啊。」母親彎腰，把小孩的腳踏車拉走。

林通對她點點頭，走進涼亭，閉起眼睛打盹。

　　社區公園不大，應該也就是兩百坪左右。在吵雜的都市中，是一
塊奢侈的小綠地。因為太過狹小，社區倒是用了心思規劃。三個入
口，一條分岔的徑子穿過其間。徑子兩旁，有桂花的樹籬和六張長
凳。各種知名、不知名的花草散佈在樹籬後面。公園的最深處，是一
座涼亭和一個小小的兒童「園區」。這麼多東西，複雜的羅列在公園
裡，看起來擁擠，像是個視覺迷宮。沒有問題，反正都市裡的人擠慣
了。彼此人擠著，心擠著，才有安全感；哪怕是在休息的時候。林通
喜歡這個公園，他喜歡在涼亭的長椅上睡覺。

　　孩子的笑聲，把林通吵醒。他坐起來揉眼睛，看見一群小孩，猴
子般的爬在遊樂設備上。林通走過去，站在兒童「園區」旁邊。

「小心啊，不要爬啦。是哪家的小孩啊？這麼頑皮。掉下來怎麼
得了？為什麼大人都不管？真是狠心。下來下來！不要吵鬧！要有公
德心。這裡是公園，是公家的土地。快下來！喂！父母都不管嗎？天
下父母心。怎麼有這樣的父母？不顧小孩的安全？」林通大聲講。

一個年輕的父親過去，把他的小孩抱下來。低著頭離開，好像做錯了
事。林通看著那個父親離開，哼了一聲。

「怎麼可以不講道德？公德心一定要有。」

林通繼續罵其他小孩，說他們把公園當成家一樣隨便。他也罵旁邊那些可能是小孩父母的大人。沒有責任感！是不是在家裡也不管？不怕他們變成壞人？那會增加社會的負擔，你們想過沒有？我們都是社會的一份子，你們怎麼可以這樣做人？不高興？不要不高興啦。我是老人啦，老到可以做你小孩的阿公。哈哈。對啦。就是這麼老。只是老，不是寶啦⋯林通很會打哈哈。小孩和大人，都慢慢的散去了。有那好面子的父母，過來跟林通閑扯兩句。表示對啦。小孩子不懂事啦。我們大人啊，總是要教他們的。唉，世風日下，現在都是這樣，沒辦法。哈哈哈。

自從林通出現後，公園裡的小孩明顯減少。其實，小孩怕他罵，小孩的父母也怕他罵。大家都說，有一個很嚴厲的阿伯在公園。幾個老太婆說：嚴厲是對的，嚴厲也是好心－老人都心善，都關心孩子。年輕的父母親們，不大懂這個道理。他們還需要老人的慢慢開導。老太婆們對林通有好感，好像⋯他替她們說了話。甚至，出了氣。

「那個人是誰啊？」一個老太婆問。

「不知道。不過，應該是有學問的啦。」

「嘎！有學問的啊？妳怎麼知道？」

「沒看見他梳著辮子嗎？梳辮子的男人，比較有氣質。」

「啊！有氣質喔。怎樣看呢？」

「這要慢慢看的。社會上看得多，就會懂啦。」

幾個老太婆繼續談話。對那個「社會上看得多」的，露出羨慕的眼神。

除了罵小孩，林通還有動作。他弄來一枝大掃把，開始每天掃公園的落葉。他掃得很仔細，很慢。一面掃，一面和公園的人說話。說

話的內容，總是說他年紀大，掃地辛苦；是做功德的。希望大家配合，不要亂丟東西。這個動作本來沒有爭議。誰會義務到公園掃地呢？有人願意做功德，值得尊敬。只是，在公園裡坐坐，便有人隨時提醒不要亂丟東西，並且拿個大掃把在旁邊搞到塵土飛揚，大部分人並不舒服。他們看見林通過來，便走開了。那些對他罵小孩有微詞的人，更是遠遠的避著他。畢竟，道德有它的力量。敢以道德公義自居的人，令人畏懼。林通對這件事很清楚。幾個林通的老太婆「粉絲」，開始在背後叫他「功德伯」。林通對這個稱呼沒有意見。不過，他對那幾個老太婆，很少搭理。

林通的那隻大掃把很有用。他用來掃地，也用來趕吵鬧的小孩。那隻大掃把是他的武器，代表道德公義，和他的功德。自從有了大掃把，林通常拿著它在公園裡巡視。罵小孩，掃落葉，叫人不可以亂丟東西…他尤其討厭菸蒂。

「不要丟菸蒂，我掃不完啦。」他對抽菸的人們這樣說。

「沒有丟啊…」有的人說。

「不要辯論。你根本不應該抽菸。不知道抽菸有害身體嗎？你不愛惜身體，難道也不替家人想嗎？要是抽菸抽死了，你怎麼對得起家人？他們怎麼辦？嘎？要有良心！」

「抽菸並不犯法啊…」有的人還想說。

「不要跟我講法律，要講道德。年輕人！不懂嗎？講道德，人心會變好，講法律，人心會變壞！古代聖人有講過。你沒有讀書嗎？」林通幾乎是立正地說著。那支大掃把在他手裡，很像是一支插著刺刀的步槍。抽菸的人們不再跟他辯論。抽菸是不好。但是，畢竟抽一支菸對某些人來講，是一種享受，一種需要。如果每次抽菸都要辯論良心問題，都要和道德扯上關係，那又何必呢？結果，閑散來公園坐坐

的人，也不願意來了。社區公園越來越安靜，人越來越少。那裡，有一種難以形容的壓力。

後記

　　就這樣，林通來公園的次數越來越多，時間越來越長。他在公園，非但是一個話題，也成為一個景點。因為⋯他把很多大紙箱搬進涼亭，把涼亭堆滿。遠遠看去，像是一間小房屋。晚上，還有微弱的光線透出來⋯

鬼怪的午餐時間
（完稿於 2008年2月21日）

　　保貴走進咖啡廳，要了一份「山賊雞」。

　　「要附餐嗎？」

小姐客氣的問。保貴搖搖頭。

　　「要飲料嗎？不要？」

　　「那就單點嘍？一共一百二十元。」

保貴掏出信用卡，手腕上的銀鐲響了一下；美國銀行金卡，遞給服務小姐。

　　現在咖啡廳小姐，都有職前訓練；世故得很。要附餐嗎？要飲料嗎？單點嘍？一步扣一步，一點也不放鬆！客人如果年輕，有一絲絲不好意思，就會著了道！最後，還要有意無意說一句「一共」－刺你一下！好幾樣加起來，才叫做「一共」！只點一樣，有什麼「一共」！現在人太聰明？保貴沒有多想。在信用卡單據上，簽上他的名字－Bogy！…英文「鬼怪」的意思。

　　「請先上樓。等一下，餐點我會親自送給您。」

小姐客氣的說，語氣很甜美。要比人情世故，保貴是老鳥，門道多得很！只是上了年紀，有時候懶於世故。

　　樓上客人不多，保貴在二樓坐下；知道三樓有吸煙區，但是他沒有上三樓。保貴吸煙幾十年，然而別人吸煙，他又覺得嗆。音樂還不錯，保貴挑了一個靠牆的位子坐下。

　　「山賊雞」很快送來。也就是一隻攤平的雞腿，和兩小堆飯；小得像兩個李子。保貴拿起刀叉，仔細把雞腿上的皮去掉。有年紀啦！一定要注意這些事情！女服務生拿來一杯溫開水；長得很漂亮。保貴抬頭看看她，說了一聲謝謝。他知道這是額外服務；說謝謝，是出自真心。有年紀啦！不要有太多想法！荷爾蒙和腎上腺指數都低！少想少做，最好向烏龜多學習；一個朋友這樣跟他講過。

　　雞腿吃到一半，飯吃了一小堆。保貴有飽的感覺。他記得，以前沒錢。在士林附近吃客飯，只叫一盤麻婆豆腐，吃六碗飯！五十元！保貴比較內向，那家店吃了好幾次，也沒和老闆說過話。後來，老闆看他又要添飯，就把裝飯的小鐵盆摔在桌上！這個動作沒有用，保貴雖然內向，卻不膽小。摔了幾次小鐵盆，大概小鐵盆也有點凹了；保貴一叫添飯，老闆就嘆氣。這一景，當年有點名氣。還有幾個朋友，跟保貴一起去那家吃飯，就為了看這個樂子。再後來，保貴還記得，和人家比賽吃披薩。他吃二十塊，也就是整整兩個大披薩！那都是以前的事了。現在，面對半隻雞腿，和一小堆飯。保貴打了一個嗝。

　　吃不多了！保貴有點傷感。他轉頭看看牆上的鏡子。鏡中人頭髮很花白，小鬍子也很花白。頭髮白沒有什麼，剪短一點就好。鬍子白也沒有什麼，剪短一點就好。保貴對他的樣子，覺得還可以。雖然有人說，他的頭髮和鬍子都太短，像剛從牢裡出來。不過，保貴不在意。他以為，從牢裡出來，強過從老人院出來！更何況，他本來就從

籠子裡出來。

保貴站起來，面對鏡子，仔細看看自己。白頭髮白鬍子，黑色長大衣。他把大衣釦子，一個一個解開。還好，不胖！保貴對胖這件事，很在意；並不是因為愛漂亮，他怎麼樣都很帥。以前保貴常常舉重，弄到很壯碩；大家說他很威武。後來，曾經發胖到一百公斤！大家也都說他很氣派。可是，一次保貴去看電影；電影裡面介紹基督教《舊約》，說人有七種罪。其他六種，都是道德上的事；但是有一種，竟然是肥胖！保貴很吃驚，對這件事想了很久。最後，他認為：上帝說肥胖有罪，是因為肥胖的人亂吃，不能控制自己；沒意志力。沒意志力有罪！

保貴很喜歡這個想法。他也很高興，他和上帝有一點相同想法。事實上，保貴在牢裡讀不少書，滿有點學問。做兄弟的，呆的不少；但是，絕不是都呆。保貴會這樣分析《舊約》，還是從其他事情上面串起來的呢。保貴喜歡佛教。佛教有和《舊約》類似的說法，說「殺、盜、淫、妄、酒」都是罪。這五種罪不犯，叫做守「五戒」。保貴對於「五戒」，也想過很久。他不明白，喝酒為什麼可以和「殺、盜、淫、妄」放在一起？為什麼喝酒是一種罪？有一天，他忽然明白；喝酒以後，會讓人意志力薄弱，犯下其他的罪！而且，刺激自己，麻醉自己，亂喝酒，本來就是意志力不夠！這個道理想通後，保貴就不太喝酒。意志力，是保貴唯一的信仰。保貴脾氣火爆，但是，碰到和意志力有關的事，他就會安靜下來，很謙虛的多想一想。保貴回到座位，開始喝他的溫開水；像一個正常老人一樣。

隔著走道，有個小女孩大聲哭叫。小女孩三四歲，由她的爺爺奶

奶帶著。小女孩聲音很大，保貴忍不住皺眉頭。轉頭一看，小女孩長得可愛；濃眉大眼，一臉聰明相！兩行眼淚從眼睛掛到下巴，她的爺爺奶奶完全不能招架。做奶奶的說：

「小姐說果汁壞了嘛。換別的喝，好不好嘛！」

「不好－！！」

小女孩垂著淚，叫聲尖銳刺耳。眉眼之間，露出一種很天真的，…惡意。保貴把眼睛停留在小女孩身上。一來，他對於那種眼神很熟悉。他這一生，常接觸到這種眼神。面對這種眼神，他總是本能的盯著它，直到它屈服為止。二來，他是保守的人，他重視倫理。他對於欺負、被欺負，尊敬、被尊敬這些事，非常敏感。小女孩的可愛，只在他腦中留下輕淺印象。他開始注意那個蠻橫小女孩；像一隻吃飽的狼，看著身邊走過的小鹿。

「好啦。拜託啦。」做爺爺的哀求。

「不要——！」小女孩提高聲音，臉孔揪成一團，全身因為生氣而顫抖。

「啪啦」一聲！桌上的咖啡，在混亂中打翻了！滾燙的咖啡，順著桌面，流到做爺爺的腿上。

「哎呀！哎呀！」爺爺驚叫著。

二樓客人的眼光，都集中在這一桌。為了躲避熱咖啡，爺爺想站起來。為了躲避他人眼光，爺爺又不想站起來。結果，他要站不站，像一個大蝦米一樣。小女孩，則是一臉怒容，瞪著她蝦米一樣的爺爺。

「你怎麼那樣不小心！」

做奶奶的，眼睛看著地。數落她的老伴，又搖了搖頭。似乎這樣，她便得以劃清界線；便得以從這個尷尬的局面中脫身。

那個漂亮的女服務生跑過來。經過保貴時，對他做一個輕巧的無

奈表情。然後，愉快地，去處裡爺爺奶奶和小孩那一桌。

「你看，她一定要喝果汁。」做奶奶的搶著說。

「喔，…果汁沒有了啊，壞掉了啊。下次你來阿姨請你喝好不好？不要生氣了嘛，妹妹最乖了，妹妹好漂亮喔，阿姨最喜歡妹妹了。」

女服務生和氣又有耐心；好像對她情人，或者心愛小狗講話一樣。

「你聽到了嘛，不是奶奶的錯喔，不要怪奶奶嘛，你生奶奶的氣，奶奶要哭哭喔。」做奶奶的，也好像對她情人，或者心愛小狗講話一樣。

做爺爺的，還在那裏，像一個大蝦米！

「你不要哭，你看阿姨送你什麼禮物嘛。看看嘛，糖糖喔。妹妹喜歡糖糖對不對？」女服務生從口袋拿出一把糖果。

「你看看，喜歡什麼顏色的？」

小女孩的注意力，馬上轉移到糖果上面，開始看那些糖果。臉上出現燦爛笑容。做奶奶的把握住機會，跟小女孩說哪一種顏色的好吃。做爺爺的，還在那裏，像一個大蝦米！

「我都要！」小女孩伸出兩隻手，把糖果抓住。

糖果有五顆，小女孩每隻手抓兩顆；有一顆掉到桌子上，又滾到桌子下。小女孩發現少一顆糖，發出威脅的聲音。做奶奶的立刻彎下腰，到桌子底下去撿糖。糖果在爺爺腳旁邊，爺爺的腳移動一下。褲子上的咖啡，流到地上。

「麻煩妳給我一張紙巾。」奶奶撿起沾了咖啡的糖果。

女服務生摸了摸圍裙口袋，左右看一看，走到保貴桌子旁。保貴懂得，她為什麼跟他要紙巾。他並不高興，他不喜歡任何人對他主動，包括女人。不過，他還是把餐巾紙拿起來，遞給女服務生。做爺爺的，還在那裏，像一個大蝦米！

「ㄟ，妳不怕老頭閃到腰嗎？」保貴表示一點意見。
女服務生臉色變了一下，把紙巾拿給奶奶。奶奶立刻仔細擦那顆糖果。

「好了好了，糖糖給妳擦擦嘛。都是妳爺爺，把糖糖弄髒了。壞爺爺！不要理他！」小女孩點點頭，對他爺爺瞪了一眼。

「小姐！去拿紙巾－！給老頭擦一擦－！」保貴知道，他可能控制不住自己。

「你做多久了？你不知道咖啡很燙嗎？小孩亂鬧，你去哄小孩？老頭燙死你不管？」保貴的聲音有威嚴。

「寵小孩－？你有小孩嗎？有男人嗎？要不要我跟妳生一個？讓你寵一寵？」保貴開始發飆！
女服務生，沒有聽人這樣講話過。臉上的甜美消失，好像看到鬼怪一樣。拿紙巾和生小孩，兩個問題混在一起了！回答「是」、「不是」都不對！結果，她生硬地對保貴一鞠躬，跑到樓下去。

　　二樓的聲音，顯然減少。小女孩那一桌沒有聲音，其他桌的客人也降低音量。氣氛有點冷，和咖啡廳的柔和音樂不大協調。保貴很少講這麼多話。他覺得，他講得還不錯；和以前沒有很大差別。保貴以為，人不需要說太多話。既然說話，就要有效果。他這一生說話，多半是下命令；他很少為了解釋什麼而說話。保貴看看四周，有幾個人也在看他；接觸到保貴的眼神，又把頭轉向別的地方。保貴不在乎這些事。很久以前，保貴就發現，冷漠不見得代表輕視；很多場合裡，冷漠只是一種偽裝過的恐懼。更很久以前，保貴常常因為別人冷漠，而感到憤怒。後來，他對於週遭的冷漠氣氛，感到心安。在一團冷空氣中，他可以確定自己是誰。

做爺爺的，打了一個大噴嚏。拿著厚厚一疊紙巾，用力擦他的褲子。保貴想，可能是褲子上的咖啡，由滾燙轉冰涼。他不再理會他們。

那一桌，上了主餐。做爺爺的，想要彌補他的愚蠢和過失；悄悄叉了一塊肉，拿到小女孩面前。小女孩一巴掌，把他爺爺的愚蠢和過失，打到地上。

「我要奶奶餵！」聲音又大了起來。

爺爺彎下腰，找他的叉子。叉子彈到保貴的腳旁邊。保貴沒有動，看著爺爺揀叉子。爺爺和保貴的眼神，交會了一下；保貴看到一種受傷小動物的眼神。保貴討厭這種眼神，他的氣又來了！抬頭去看小女孩，發現小女孩也在看他。保貴深深的看小女孩，深到即便一個三四歲小女孩，也把頭低下。保貴知道，他一向有辦法用眼睛和人溝通；無論三歲還是八十歲！那不是一種普通人習慣的溝通方式。

保貴吸了一口氣，決定要走！他不想再看這些事。他不認為人應該這樣活－即便是爺爺和孫女。他用手抹了抹短鬍子，攏了攏短髮。把他的銀手鐲，和一手的銀戒指調整一下。拉上靴子拉鍊，摸了摸他的招牌腰帶。那條腰帶，是西班牙鬥牛士講究的正牌貨；上面釘滿銀塊。拿在手上揮舞，真的不只是嚇唬人而已。保貴站起來，把黑大衣下襬弄平整，扣上釦子。他一百八十四公分，八十七公斤，就像一座山一樣。保貴慢慢離開桌子，像一座黑色移動的山，走向爺爺奶奶那一桌。經過爺爺背後，他仔細看了看那個爺爺；估計他的年紀，絕不會大過自己。保貴想說幾句話，鼓勵那個爺爺，或者罵那個爺爺。但是，他不是個會正經八百說話的人。最後，他猛拍爺爺肩膀！好像愛護他的兄弟一樣。爺爺則露出一付要散架的表情。

保貴走過那一桌，靴子底下的鐵釘，發出緩慢而有節奏的響聲。像一座黑色移動的山，走過二樓所有座位，走下樓梯。

「妖魔鬼怪！」做奶奶的哼了一聲。

小女孩張嘴，吃了奶奶手上的肉。

「爺爺！他是誰啊？」

做爺爺的把身體坐直，清了清喉嚨。

「那是壞人！不要害怕。爺爺在。」

爺爺的聲音很堅定。好像在這句話中，他的尊嚴得以恢復。他叉起一塊肉，試探著，往小女孩的嘴裡送。

下次不看牛肉場
（完稿於 2008年11月29日）

那一年，是 1977。

「多少錢？」

「你不要管。準備進場就好了。」

「ㄟ！不夠意思啊！你說，多少啦？」

「站到一邊去－。這些事情我來處裡。」

「多少啦？是不是一百塊錢？」

「煩啦！進場啦！」就這樣，胖子被我推進一家牛肉場。

　　胖子跟我無話不說，有緣分。只是這緣分怎麼來的呢？是同鄉？是他大學第一個找我講話？是他…？還是他也喜歡中午去吃刀削麵？不記得了。噢！也許是我一直都願意做電燈泡？願意和他、張芷蘭一起看電影？反正就是那麼回事。死黨嘍－死黨總是在一起。有一次，不知道說到什麼事情。胖子說「就是我們最好了。」聽得我有點感覺；也有點噁心。

　　「到前面一點看！」

「不行啦。你看前面都是老頭，坐滿了。」

「真的！都是禿的啊。」

「老頭最色。等一下，戲院還會把小板凳搬出來。」

「你怎麼知道？」

「ㄟ－！你看過沒有啊？土啊！可以從下往上看。看得清楚嘛。」

「這樣喔。那不是早知道帶望遠鏡。」

「拜託啦。不要講那麼大聲啦。丟人啊。看牛肉場…你當是看歌劇啊？」

當兵兩年，大家在不同的部隊裡。跟胖子還通信，見面。你說，這種朋友不多吧？

「開始了！開始了！」

「不怎麼樣嘛。」

「懶得理你。」

大學畢業後，胖子跟張芷蘭結婚；我送了一萬塊。那時候，一萬塊錢可以一家人過整個月。我大學四年打工，省吃儉用；真的捐了不少。至少，是我全部積蓄的幾分之幾。

「啊！要脫了。要脫了。」

「唉唷。受夠了。不要那麼大聲講話嘛。我還要一點面子嘛。這種地方，菜鳥最被人看不起，懂嗎？…看到了嗎？被瞄了吧？…拖我下水！」

結婚後，胖子繼續念研究所。我又想考警校做警察，又想快一點正式賺錢；最後，找了個公車稽查員的差事。你知道，就是隨時可以

上公車，看看收票小姐有沒有吃錢的那種。說你也不懂！在那個時代，公車上除了司機還有個售票小姐。上車要給現金，收票小姐給你一張票，當你的面撕掉。如果她沒撕，就是等於收了錢沒入帳，就叫做「吃票」！對啦！那種收票小姐就叫做車掌嘛！所謂晚娘面孔，就是說她們啦。至於說到我們這種稽查員，上車也就是虛應一下故事。因為，頂多在車上停留一站的時間，就要下車去「稽查」其他的車。所以，根本「稽查」不到什麼，只是讓車掌變得更機靈罷了。我就是做那種工作，那種薪水低又讓車掌討厭的工作。加上我個子小，擠上車去「稽查」人家，也是可以想見那個場面。

「天啊。大啊！」

「喂！說真的，…再那麼大聲，我假裝不認識你！」

「我的媽啊！還真會搖咧。」

「懂什麼你！沒看過陳今佩啊。」

「就是西瓜秀嘛。」

「…服了！木瓜秀啦！不要講話。看啦。」

　　胖子念完研究所，大概是頭發昏，竟然又念了博士。我呢？在「交通界」服務了一段時間後，車掌沒抓到幾個，倒是扒手認識幾個。車掌機靈，扒手更機靈。他們看到我，就小聲的叫「哥」，然後往我口袋塞一百塊。他們真的很有技巧，「做事情」只用兩隻手指；扒錢讓人沒感覺，塞錢也讓人沒感覺！前面幾次，我都是回家才發現口袋有錢。後來，他們什麼時間靠近我，什麼時間放錢進口袋，我都很清楚。這時候，就要對他們施一個眼神，表示知道了啦！小伎倆啦！如果沒這個動作，就好像他們可以對你的口袋很隨便，他們會看不起你。不拿？不拿不行喔！會出事情的喔！

「受不了！我要到前面去。」

「ㄟ！ㄟ！－可以嗎？不是說前面是老頭的特別位嗎？」

「哎呀。管他的！」

「好嗎？」

「好啦。我跟你講。等一下到前面，會看到一些塑膠小凳子。有的凳子上會放一包菸，那表示已經有人訂啦。你就不要去坐。如果你坐下，那些老頭會罵人，弄到很難看。有一次，我還被人從後面把凳子抽掉！摔個四腳朝天！」

「喔！我看，那就不要到前面啦。」

念完博士，可以了吧！胖子又跑到美國去，再念了一個博士！我已經完全不知道他腦子裡想什麼了。大概有幾年時間，我們沒有聯絡；也沒有辦法聯絡。我慢慢認識的人多了，大家拱我晚上做一點小生意。還不錯！那時候沒有這個彩那個彩的，但是，人總是有冒險精神的嘛，有錢總是要賭賭運氣的嘛。白天？白天我照樣做我的事情。公務人員啊！不得了的啊！可以和警察有互動的啊！怎麼可以輕易放棄？

「走啦！受不了啦。到前面去啦！」

「喂！」後排有人爆了。

「不要講話。受不了去廁所！」大家都笑出聲音。

「快點走啦！」

胖子從美國回來，有很多改變；連講話都不大一樣。也不是說很文雅，只是，講話很有條理；有條理到，…不大像人說的話。他因為有兩個博士－我總是說他有兩個「鼻屎」－工作可好找了。幾個大學請他，他挑了一個讓他同時教理學院與工學院的學校；他說這樣對自己也好，挑戰大。我？我也很努力啊。雖然沒有念兩個博士，但是我

開了兩家公司，也是老闆級的人物了。生意？當然大！「金融業」啊！

「有點丟人啊。有沒有人看我們啦？」

「放心吧。…沒有人要看你。」

「天啊！」

「怎麼樣？不同吧？」

「天啊！」

「嘿嘿。一定要坐前面。」

「天啊！」

「嘿嘿。…喂！…ㄟ－。ㄟ－！胖子！你怎麼了？你不要暈過去啦！ㄟ！」

「我要出去！我不舒服！」

近來，我跟胖子常見面。他說話正常一些了，回到我們以前的說話方式了。但是，兩個人沒有話好講－沒有話題。你懂嗎？沒有話題！兩個感情很好，無話不說的人，竟然完全沒有話好講！你說說看，我們會有什麼話題？他只會講物理與機械，我只會講賭博與放款。扯得到一起嗎？懂了嗎？

「出來啦。不看啦。可以了吧。」

「我真的不行了。心臟跳得好快。」

「難道你…張芷蘭…搞什麼嘛！」

「咳。不一樣嘛。」

「我知道不一樣。一樣還帶你看？」

「下次不要看牛肉場了。」

「不看牛肉場，看A片？沒問題啊。」

「不看牛肉場就一定要看A片？你怎麼搞的啊？」

「不是我怎麼搞的。是你怎麼搞的？…好吧。我們怎麼搞的？」

「我們怎麼搞的？」

「我跟其他朋友一起，也不是總搞這些啊！你當我色情狂嗎？」

「喔。我們怎麼搞的？」

我們怎麼搞的？我哪裡知道我們怎麼搞的？

「唉！…以後我們不要看牛肉場，我們吃吧！」

「對啊。我們到處吃！把它台北好吃的都吃一遍！」

「就這樣！」

「就這樣！…不對啊！我們這樣不是很爛嗎？不是酒肉之交嗎？」

「酒肉之交？兄弟！你有幾個酒肉之交啊？」

「…嗄？」

「酒肉之交才是真的！你慢慢了解吧！」

「是這樣嘛？我想想。」

「是這樣的。不必想了。」

「嗯。好吧！那麼，我們今天吃什麼呢？」

後來，我們真的沒有再去看「牛肉場」。我們見面，總是大吃一頓。胖子跟我，一直很好。胖子跟我，明白人情世故。今年，是2008。

最後戰役
（完稿於 2010年9月7日）

　　老楊快八十了。幾十年來，沒有什麼好日子，也沒有什麼壞日子。當兵麼！軍隊麼！就是那麼回事。不會有發展，也不會挨著餓。大組織就是這樣。一旦加入什麼大組織，自己就不見了。大組織會保護你。至於，你對大組織有貢獻嗎？倒也難說。也就是這樣混著。大組織不會管你混不混，只要你還存在，大組織也就存在。你的存在，就是對大組織的貢獻。退下來以後，老楊喜歡想事情。讀書少，想不出什麼。買了幾本歷史書，也看得似是而非。

　　放下背包，老楊把登機證塞進背心口袋。那是一件有四個大口袋的布背心。不好看，但是便宜。老楊覺得：它像以前穿過的戰術背心，有親切的感覺。以前背心裡都放什麼？不掛背包的時候，背心裡面可以放指北針和地圖，外面可以掛手榴彈。彈匣？好像有的可以放。那時候物資緊，戰術背心不是人人都能穿得上。穿上的，每件也都不大一樣。都是二次大戰留下的老裝備。對了。可以裝衝鋒槍彈匣的那種，老李穿過。老李是班長，拿 Thompson 衝鋒槍。我一直拿M1 半自動。嘿！那個槍！打得準！胡桃木槍托！講究啊！臥倒的時候，直接撲出去！槍托底板一點地！啪！馬上雙腿岔開，呈臥姿射

擊！…老楊回回神，順手把背心口袋一一摸過，裡面鼓鼓的，裝的都是小玩具；是要帶給外孫的禮物。打開背包，想要找什麼東西；手指碰到一個大型的硬紙捲筒。裡面有「清明上河圖」的複製品，是要給女兒的禮物。老楊的手，捂著那個硬紙捲筒，眼神空洞起來。

　　女兒很好，就是嫁得太遠了。冰天雪地的地方。說是能適應。但是，南方兒女到了那裡，怎麼也不好受。其實，老楊現在也不好受。從南邊來，轉了一次飛機，已經弄得全身痠痛。出來的時候，仔細盤算過好多次。要去嗎？身子頂得住嗎？一定要去看外孫嗎？等他們有時間來南方不好嗎？老楊結婚晚，五十歲才有了這麼一個女兒。一輩子掛心她。只是，軍人的個性難改變。所謂掛心，也就是盼望她出人頭地。所謂掛心，也就是不斷的耳提面命。結果，女兒三十了。最後，還是嫁人；劃上父女緣的休止符。對嘍。女大不中留啊！怎麼到現在才真正明白這件事呢？幾十年來，對女兒的掛心，像是對兒子般的掛心啊。還是，根本沒有把女兒當女兒看？只是把她當成一個人？當成…生命的延續？生命的延續？老楊左右看了看，好像那個詞彙，不該在他這種粗人的腦中出現。還好，沒有人在看他。老楊打了一個噴嚏，把背心拉鍊拉上。

　　機場裡面的冷氣開得很大，衣服穿少了。冷啊。才十月多，南邊還是小陽春呢，怎麼北方已經有初冬的意思。老楊看看大玻璃窗外的停機坪，又看看天空。灰濛濛的。要再往北飛兩個小時，那個地方恐怕更冷。聽說這幾天，可能會有雪。女兒那裡正下著雪嗎？出機場不會有問題吧？應該不會。女兒說過，會來接飛機。會給帶件厚衣服嗎？可能不會。女兒不錯的，就是有點粗枝大葉。不過沒關係。看見女兒心就暖了。老楊又看了看左右。沒有人在看他。…外孫都三歲

了。會帶著外孫來機場嗎？

　　時間到了，可以登機了。老楊拿起背包，搖晃了幾下才站穩。老了啊，已經很老了啊！沒有辦法。他走到登機口附近，隊伍排了很長。老楊回頭，瞧瞧他剛才坐的椅子。一個小孩子躺在上面，把腳翹在椅背上。應該，不比外孫大多少吧？大玻璃窗外，白色的飛機，機鼻面向著航廈。像是一顆巨大的飛彈，要對著玻璃窗衝進來。嘿！真是個大怪物。我們那個時代，只坐過 C－119。老母雞。那個飛機真是嚇死人啊。人坐來裡面，又吵又顛簸。只聽到「叭叭叭」幾聲怪響，機艙裡紅燈亂閃；機門「砰」的打開。大家站起來，把降落傘掛鉤掛在機艙頂上。士官長嘴巴裏不乾不淨，把大家一個一個向外推。不是叫做「下餃子」麼！一點都不錯。咦？飄雪了嗎？真的飄雪了啊！是今年這裡的第一場雪吧？

　　大玻璃窗外的世界，漸漸改變了顏色。白色的飛機，看起來更白了。怎麼還不上飛機呢？已經站了好久了，站不住了。老楊困難的彎下腰，去揉他的膝蓋。登機門口的櫃檯小姐，拿起麥克風。

　　「各位旅客，因為下雪，飛機需要除冰，起飛時間向後延誤。」旅客們的隊伍變形了，不少人擁向櫃檯。

　　「要多久啊。」有人發出不高興的聲音。

　　「看機場的情況。」小姐回答。

　　「登機前半個小時我們就排隊了。現在已經過了起飛時間二十分鐘，才告訴我們不起飛。早說嘛。」
小姐沒有回應，把麥克風關起來。

　　除冰？也是為了起飛安全。等吧。沒有什麼好說的。老楊慢慢離

開吵鬧的人群，走向座位區。小孩子，還躺在他原來的座位上。老楊繼續走，找了個靠窗子的位子。放下背包，吃力的坐下，閉上眼睛。

一陣驚恐的喊叫，把老楊吵醒。

「媽媽！媽媽！妳怎麼了？你說話呀！」

矮胖的中年人，搖晃著前兩排過道上的一張輪椅。輪椅上，歪著個老女人，頭上帶著毛線帽，身上蓋著暗紅色毯子。人群很快的聚攏了，七嘴八舌的講著話。怎麼啦？唉喲！是不是病啦？冷的吧？這個機場莫名奇妙！外頭下著雪，裡面開冷氣，沒有人受得了！不動了啊？會不會…過去啦？摸摸鼻子，摸摸她的鼻子！老楊吸了一口氣，看了看錶，十一點三十分。死了麼？老楊不確定。看錶，是部隊上留下的老習慣。軍隊裡死人平常。只是，死了人，要注意時間，將來好填表格。

十一點五十分，機場的電動車來了。幾個人把老女人抱上車。死了麼？老楊還是不知道。他並不是很在意這件事，畢竟這一生經歷過的死亡太多。第一次看見死人，是十七歲吧？害怕麼？太久以前的事了。老楊又看看錶，最後，眼光落在那張輪椅上。輪椅上空空的，塑膠皮墊上壓著一個凹陷的痕跡。周圍的人散去，好像沒有發生過事情。老楊的心抽起來。不怕死人，但是那張輪椅的空蕩，讓他害怕。那種害怕…像是被士官長推下運輸機時候的感覺。怎麼搞的？老楊甩甩頭。

是冷啊，不要凍病了。剛才有人說到冷氣的事。對啊。為甚麼下雪了還開冷氣呢？機場的反應太差了。那個老女人是凍壞了麼？他想到一次高緯度演習，把他們一個班扔到雪山上。風很大，他的傘在有

碎石的雪坡地上拖了五十公尺。腳斷了，露出骨頭。那一次，他以為他要死了。真冷啊。不過，腳上的傷並不痛。是因為要死了所以不痛？還是因為冷所以不痛？看來，冷、痛、死三件事情一起發生，還是幸運的。那個老女人痛嗎？

　　也許是老女人的原因，也許是其他原因。十二點，櫃台播音，要大家上飛機。旅客們爭先恐後的形成一個散亂隊伍。老楊坐著沒有動。一來他冷得站不起來，二來他習慣性的觀察著情況。那架飛機還是像個大飛彈般的衝著自己。不是要除冰麼？飛機還是蓋著一層白，比剛才更白。沒有動靜啊。沒有除冰啊。不會起飛啊。不起飛讓我們上飛機幹什麼？飛機裡有暖氣麼？還是，也開著冷氣？

　　老楊幾乎是最後一個上的飛機。
　　「上面開暖氣麼？」老楊問。
　　「外面下著雪，機場的冷氣還開著，怎麼沒有人處理呢？」老楊再問。
　　「老人凍得受不了啊。」又加了一句。
櫃檯小姐看著老楊，皺著眉頭沒說話。不過，她的表情在說話：老？不要坐飛機麼！老楊緩緩的走過空橋，走進機艙。

　　飛機裡有暖氣，而且開得很足。老楊覺得暖和一些，他深深吸了一口氣。機艙裡面塞滿了人，氣味不好，空氣不流動。旅客大部分已經坐下。老楊找到自己的位子。運氣不錯，靠走道。他坐下，把背包放在前座的椅子下，用腳把它慢慢推進去。又想起以前坐過的老母雞。

　　餐點很快來了。這個服務倒是不錯，是補償延誤時間麼？在機場吹了四個鐘頭冷氣。不對，六點半就到了；吹了五個半鐘頭的冷氣，也該有點補償了。那次在雪山上，也是一個人冷了五個鐘頭才獲救。那時候，三十幾歲吧？

　　餐點吃不習慣。老楊吃了麵包。麵包是冷的，但是老楊不在乎。吃完麵包，看看別的旅客；都還在埋著頭吃。對了。不能不吃。不是好不好吃的問題，是熱量的問題。那次在雪山上，要是沒有巧克力，大概就撐不過去。他下意識的點了點頭，把鋁箔餐盒打開，吃光了裡面的東西。吃完餐盒，老楊把水果也吃了。他拿起塑膠的刀叉。聽說怕劫機，飛機上已經沒有金屬餐具了。老楊把刀子在手上擺弄著。哈。想當年，用什麼刀啊？二戰的老 K-BAR 啦。本來是陸戰隊用的。結果，有一批配到了空降部隊。原因？可能是因為配合先前發的一批 Y 帶。K-BAR 不掛在 S 腰帶上，直接掛在 Y 帶上，掛在胸口。帥啊！記得還為了那把刀照了相呢。奇怪。這些事情過去五十年了，怎麼都還清楚呢？真是喜歡那把刀啊。退的時候，想辦法弄出來了。後來呢？放到哪裡去了？怎麼想不起來？老楊把塑膠刀放在餐盤上，看著它；又把它拿起來，放進背心的左上角口袋。可以帶走的，聽說這些小東西都可以帶走的。老楊輕輕拍了拍左上角口袋，好像那裡面有一把 K-BAR。

　　因為吃了熱東西，機艙裡開始悶熱，並且越來越悶熱。有人開始脫衣服，把脫下的衣服放進艙頂的置物櫃裡。大家在狹小的空間中移動著，使得飛機裡除了悶熱，還有了煩躁的氣氛。老楊沒有脫衣服，他本來就只穿著襯衫和布背心。隔壁的女人要去廁所。老楊蹣跚的起來，讓她過去。他看看錶，一點半。

隔壁的女人回來，老楊又站起來一次。剛坐下，機艙裡的燈熄滅了。吃完飯要休息吧。空姐走過來，要大家把舷窗拉下來。規矩還是維持著。只是飛機根本沒有起飛，怎麼睡得著？心裡面不踏實麼。老楊覺得，關舷窗有點多此一舉。不過，還是順從地把窗子拉下。隔壁的女人說，她還要起來一下。

有人大聲喊熱，說話的聲調不好聽。老楊閉著眼睛。剛才的受凍，和現在的悶熱，讓他很不舒服；心跳得厲害。他知道，這個年齡的不舒服，可能會出問題。最好的辦法就是閉眼睛，讓自己平靜下來。讓身體自己去調適不舒服。覺得昏沉。老楊輕輕的嘆了一口氣。希望不要出問題…

夜晚的天空，劃過呼嘯的聲音。一抹紅色的閃光，在老楊的頭頂上炸開。是照明彈。他低下頭，打開步槍保險，又把它關上。不要逞意氣之勇，暴露自己是不對的。縮著吧。忍著吧。「忍耐是大功夫，知機是真本領」。那是狙擊教官說的。等待吧。等待。夜晚，是特戰隊的天堂。

黑暗中，有人開始罵人。老楊笑了。沉不住氣了吧。來吧。過來，讓我一槍斃了你！罵聲越來越大。不要聽！不會有好話。「喊話就是這樣。不是挑動你的情緒，就是打擊你的理智。耳朵塞起來，是面對喊話的法寶。」這是誰說的呢？是心戰官嗎？反正，不要聽。可是，罵聲還是鑽進了老楊的耳朵。不聽不行了，受不了了，忍不住了。對罵吧。老楊大喊一聲「王八蛋！」

喊話的聲音停止了幾秒，又恢復了。並且更大、更急。

「為什麼不飛啊？除冰除完了嗎？」

「是啊！為什麼不告訴我們現在的情況？要我們在這裡坐多久？」

「飛機已經延誤了快十個小時，到底出了什麼事情？」

「快六點了。什麼玩意兒嘛？什麼飛機公司嘛？」

老楊張開眼睛，把舷窗拉起來。飛機還停在地面上。天空，已經大半黑了。地上的雪，看起來有一點灰藍色。

「你們開始除冰了嗎？為什麼輪不到我們？叫機長出來！」

「把燈打開！把燈打開！」

機艙裡的燈打開了。一個空姐出來，座艙長吧，無奈的跟大家解釋著。

「氣候不好。沒辦法。不除冰，不能起飛。這是上面的規定。」

「那讓我們下去，我們要換飛機！」

「不能下去。機門不能開。如果機門打開，就要重新排隊除冰。那就不知道幾時才能飛了。」空姐說。

「把暖氣關掉，開一點冷氣。裡面要悶死人了。你們不悶嗎？沒有感覺嗎？」

「不能開冷氣，那樣耗油。如果油量不夠，除冰以後，要再排隊加油。」

「你胡說八道。飛機是油罐車過來加油的，什麼排隊加油？」

「油罐車過來，也要排隊。」空姐回答。

「誤點十個小時！機場凍四個小時，飛機上悶六個小時！我們要打電話找記者！」一個時髦的女士大聲喊。

「對！你們到底要幹什麼？我們要和外面連絡！」

「你們要怎麼做，我也沒有辦法。」

空姐說完，走回前面的布簾子裡面。

「太過分了！什麼態度嘛！打電話找記者！」

「通知報社！通知電視台！」

「對！大家一起打，不信他們不怕。」

各種手機的聲音，嗶嗶地響起來。一個年輕人舉著手提電腦，用上面的附設攝影機，照著機艙內的情況。空姐沒有再出來。她不怕媒體。以她的年齡和經驗，她知道媒體不管這個事；不都是同一個老闆麼。

老楊把眉頭皺起來。怕這種事情啊。倒不是年紀的問題，而是一輩子聽命令行事，不會與人爭吵。更不要說爭什麼利益了。記得看過的歷史書上有這麼一句話，說軍人「勇於公戰，怯於私鬥」。是這樣麼？自己是個懦弱的人麼？也不能這麼說。只是一生的爭鬥，都有大題目；都有個國家民族的大題目。至於說為了自己而鬥，真是沒有想過，也不會。老楊忽然覺得，自己是個沒用的人。

「六點了，有東西吃嗎？難道連飯也不給吃嗎？」

「要吃東西！」

「把餐車推出來！」

「對！要吃東西！」

旅客的焦點轉移了。「要吃東西！要吃東西！要吃東西！」總有十幾個人吧，像是喊口號一樣的喊著。軍人是要會吶喊的。老楊的思緒回到了教練場上。教官是日本人。說也奇怪，當時日本戰敗，怎麼還把日本教官留下來呢？也許是日本人的確教得好。這種事情，五十年前不准說的。有個留德的日本教官，那個劈刺厲害！一把步槍可以耍得像是棍子一樣。動作很簡單。可是你就是札不到他，他就是札得到你。那個教官說，劈刺絕對強過武士刀。這個話到現在還記得。「殺－啊！」「殺殺－啊！」老楊的嘴角牽動著，沒有發出聲音。

　　旅客繼續喊著。老楊抬眼看了看他們，心裡有奇異的感覺。要殺人了嗎？以前吶喊的時候，確實有要殺人的想法。他們這樣喊下去，會殺人嗎？怎麼想這個問題呢？怎麼有點不安呢？真是因為…快八十的緣故？一個空姐出來，不是剛才那一個，比較年輕。

　　「對不起。我們沒有餐了。…我們只有一份餐。因為，本來只準備飛兩個鐘頭…」

　　「沒有東西吃？」

　　「你們是什麼公司啊？我們在機上悶了六個鐘頭！還不給我們吃東西？」

　　「叫機長出來！」

　　「這裡是誰負責啊？出來講話！出來！」

旅客的情緒更高漲了。老楊的頭很昏，但是對於「沒有東西吃」幾個字聽得很清楚。他的肚子也餓了。看看左右，中午的餐盒早就收走。他的眼睛掃過前排座椅背袋。然後，歪過身子，去看其他的座椅背袋。他看得那樣仔細，像是一個拾荒者。沒有！什麼也沒有！老楊伸手，顫抖著摸了摸幾個口袋。他捂著那些給外孫的玩具，像是一頭老野獸，保護它僅有的食物。

　　「拿水來！供應茶水給乘客也不懂嗎？」

旅客們完全失去了講話的禮貌。

　　「紙杯用完了…沒有辦法供應茶水…」空姐吸了一口氣，瑟縮的講。

　　「你們渾蛋啊！沒有東西吃，沒有水喝！你們，你們…」一個旅客氣得說不出話。

　　「誤點四小時！機上悶六小時！不給吃不給喝！畜牲也要吃喝啊！」

　　「等著吧！告死你們！」一個平頭的漢子說。

「告死你們！」幾個人附和著。

老楊沒有理會吵鬧的旅客，搖搖晃晃地站起來。悄悄的走過通道，走過吵鬧的旅客們，走向洗手間。他走進洗手間，困難地上完廁所。然後，打開水龍頭，開始喝自來水。老楊喝了很多，遠遠超過需要。喝完水，他把臉盆下的小櫃子打開。裡面有一個裝著衛生紙的大塑膠袋。老楊撕開塑膠袋，把裡面的衛生紙都倒出來。他對著那個大塑膠袋，吹了好幾口氣。很好，不漏氣。老楊用那個大塑膠袋，裝了四分之一袋的自來水；打了一個節，綁在腰帶上。他看看鏡子，把布背心整理了一下。嗯。有點鼓，但是看不大出來。老楊走出洗手間，外面還是吵成一團。他悄悄的走過通道，走回自己的位子。

七點鐘。那個瑟縮的空姐又出現了。這一次，她有笑容，似乎心裡面的石頭放下了。甚至，有一點理直氣壯的意思。

「各位旅客，對於飛機的延誤，很抱歉。現在開始除冰！」
旅客們有小小的騷動。

「等了七個鐘頭才除冰！要除多久？什麼時候起飛？」
有人還是不放過她。

「這是…機場的作業。標準程序。要除多久？我真的不知道。」
空姐的聲音又變小了。

「不能下飛機！不能運食物上來！連水都沒得喝！空氣不流通，人快悶死了！小姐，你知不知道，這可是嚴重事件喔。」一個體面的男人，講話有條有理。

「你們真的不怕賠死嗎？你知道一家外國航空公司，幾個月以前延誤四小時，一共賠償了一百萬美金。」一個生意人模樣的旅客說。說到了關於賠償問題，說到了最後這個事件要怎麼落幕，空姐的表情又自然了。因為，那不是她的職責，不關她的事。老楊低下頭，看看

舷窗外面。是有一輛車子，閃著黃燈靠近飛機。

　　九點鐘。旅客們的忍耐和憤怒，已經被疲倦和無力感代替。機艙內又熄了燈。困在飛機上的旅客，餓著肚子睡了。這麼多人，在飛機上九個鐘頭；艙內空氣，越來越渾濁。也許，二氧化碳過多，也是大家安靜睡去的原因。老楊的肚子咕咕叫著。不過，還好。對於忍耐飢餓，特戰隊很有訓練。

　　十點鐘。機艙內又騷動起來。
　　「小姐！小姐！開燈！有人暈過去了！叫不醒了！」一個年輕女人的聲音。
　　「把燈打開！」一個男人的聲音。
　　「現在不能開燈，不合於規定。」年紀大一些的座艙長，從簾子後面出來。
　　「開燈！開燈！死了人也不管嗎？有醫生在飛機上嗎？」
機艙長沒有理會旅客，又走回簾子後面。過了十分鐘，大概機組開過會，燈打開了。
　　「有什麼人不舒服嗎？」
年輕的空姐，過來詢問。
　　「那邊。那邊。一個老太太喘不過氣。」
空姐過去看老太太。老太太旁邊的女人，應該是她的親人。
　　「好一點了。悶了整整十個小時，誰也受不了。」女人說。
　　「真的抱歉。礙於規定，我們也在飛機上悶著，實在無能為力。」
一個男人，走到空姐身後。
　　「什麼時候除完冰？什麼時候起飛？已經誤點十四個小時了！」

「對啊。怎麼除這麼久啊？」

空姐沒有回答，看著地板。似乎在想著什麼事情。

「還要除多久？說話啊！」對方不耐煩。

「不知道。」空姐小聲回答。

「為什麼不知道？為什麼妳什麼都不知道？」

空姐還是看著地板。

「除冰暫時停止。除冰車已經離開了。他們九點鐘下班。」聲音小得像蚊子。

機艙裡沒有聲音了，大概維持了三秒鐘。然後，所有剛才不罵人的旅客，罵人的旅客；忍著的旅客，不忍著的旅客；都沸騰了，像是一鍋沸騰的元宵！這算是什麼呢？什麼服務？什麼管理？什麼危機處置？什麼…這算是什麼呢？怎麼有這種事情呢？如果說機艙裡一下子變成了菜市場，也形容的不對。菜市場裡，聽不到那麼多髒話！

老楊還是閉著眼睛，飢餓的感覺過去了。不過他的胸口很難受。他太老了，比剛才喘不過氣的老太太還老。四個鐘頭的受凍，十個鐘頭的悶熱，讓他越來越難受。空氣真的不夠了。十個小時沒有與外界循環的空氣，怎麼過濾，也不行了。老楊雙手按著背心的下面兩個口袋，好像按著他的降落傘包。他的意識，還在記憶和現實中來回擺盪。只是，記憶的片段進入他腦中的次數，少了。也許，有一段時間，老楊也曾經暈過去？恍惚中，他感覺到機身有一些晃動。時候到了罷？該跳出去了罷？士官長在哪裡？

很多旅客站起來，站在走道上。

「叫機長出來！叫機長出來說話！」

有人準備走到機艙前面，去敲駕駛艙的門。空姐真的要哭了。

「機長⋯也下班了。他⋯不在飛機上。」

一鍋元宵再次沸騰。一鍋⋯崩潰了，歇斯底里了的元宵。

「太過分了！」

「太離譜了！我們要下飛機！」

「我們要下飛機！飛機根本不能飛，為什麼不告訴我們？為什麼？為什麼不讓我們下飛機？讓我們在這裡悶著？」

「省倆錢兒唄！下飛機就得送我們去旅館！」一個始終帶墨鏡的男人，冷冷的冒了這麼一句。

「我們要下飛機！」

「下飛機！下飛機！」

「下飛機！下飛機！」

口號式的喊聲又出現。一個枕頭飛過去，打中年輕空姐的頭。這一下不得了！旅客的不滿和怒氣有了缺口。好幾個枕頭飛了起來！有人頓腳！有人用拳頭打座椅扶手和機艙牆壁！有人把前座背袋中的雜誌、報紙扔出來！至於，大聲的抱怨、罵人⋯已經是老戲碼；在一片混亂中，不引人注意了。老楊慢慢睜開眼睛。他真的以為身處火線！無論是聲是色，絕對是火線上才有的場面。

「打開機門！打開！讓我們下去！」

幾個旅客站起來，打開置物櫃拿行李。

「對！不開門！我們自己去開！」

年輕空姐慌了手腳，不知所措。

「李姐！李姐！你快來啊！他們打人了！打人了！」年輕空姐喊著，帶著哭腔。

座艙長從簾子後面伸出頭，臉都白了。一個粗壯的男人對她扔了一個枕頭。

「出來！出來解決！現在怎麼辦？」

「我去請示。馬上向你們回報。」座艙長真的害怕了。

「回報個屁！整我們冤枉十個鐘頭！騙我們！規定！規定！什麼規定？都是騙我們的！」

「十分鐘。給我⋯十分鐘。好嗎？」座艙長聲音顫抖著。

十點二十分。擴音器傳出了座艙長的聲音。

「各位旅客請注意。因為天候的關係，本班飛機今天不能起飛。現在，應旅客的要求，請旅客下機。」

旅客一陣譁然。

「哈！應旅客的要求？到現在還不肯負起責任！應我們的要求？我們不下飛機了！除非你們公司負責人上來！我們不下去！我們要霸機！」

一個胖子大聲喊。可能是旅行團的領隊。不少人跟著附和。不過，大多數的旅客還是站起來，準備下飛機。怎麼辦呢？難道真的賭氣不下飛機嗎？霸機？這個名辭滿流行的。只是霸機也要有條件。在快要餓死、渴死、悶死的情況下，怎麼霸機？怎麼鬧？鬧不過他們的。下去吧。一些要鬥氣的旅客，還坐在位子上。

在開機門的同時，擴音器又傳出了座艙長的聲音。

「請各位旅客依次下機，不要推擠。由於本班機的延誤屬於特殊與緊急狀況，並且時間已經很晚，為了維護機場安全，機場警備人員已出動維持秩序。請各位旅客不要增加工作人員的無謂困擾。」

好了。情勢大逆轉了。受氣的人成了破壞秩序的人；要請出法律了。在法律前面，道德、道理或者感情，都不算回事。老楊不要霸機，不要主持公義。他經歷過大小戰役，完全明白公義和法律之間的關係。筋骨僵直，加上胸口的不舒服。老楊吃力地站起來，走在隊伍的很後面。他要下飛機，他不要跟他們鬥。走過還坐在位子上，準備霸機的

旅客；老楊沒有看他們，好像他們不存在。他搖晃著，走過空橋，走
出登機門；裡面還開著冷氣。老楊吸了一口冰冷的空氣，覺得清醒很
多。他知道，他離開了一架波音，不是 C-119。

　　大家走出登機門，一整條候機走廊冷颼颼，空蕩蕩；只有這班飛
機的旅客，和一個航空公司的男職員。旅客把那個職員團團圍住，除
了罵他，還要他解決各種問題。飛機何時起飛？今天晚上睡在哪裡？
怎麼賠償大家⋯在開足冷氣的候機走廊裡，職員一頭汗。他連講話的
機會都很少。一開始講話，就被下一個問題，和沒有停止過的罵聲打
斷。

　　機組們，拖著小箱子離開登機門。突然，開始有默契的小跑步
起來。
　　「嘿！空姐們跑走了！」
　　「不要讓她們走！凡是這家航空公司的人，都不要走！」
　　「對！跟我們一起解決問題！」
機組們越跑越快。去追嗎？難道去追空姐嗎？追上了呢？打她們，還
是捉住她們按在地上？沒有人去追她們。只是她們的集體跑步，顯示
了一種態度，一種讓旅客不能忍受的態度。
　　「我在這裡。我會回答問題。」航空公司的男職員急著講。
一個中年女人過來，拉住職員的袖子。
　　「好。你講。」
　　「請放開我的袖子好嗎？」
　　「不可以。因為我們不相信你。」
　　「對！不相信你！」
　　「不相信你！」

旅客們也精明了。將近十五個小時的敷衍、推託和謊話，任誰都不可能讓這個男職員也跑了！又過來一個女人，把那個職員的另一個袖子拉住。就在這種持續的拉扯中，有人聽到了腳步聲。在空蕩的候機走廊裡，腳步聲穩健而有力。是男人的腳步聲，是幾個男人刻意發出的腳步聲。遠遠的，來了一隊機場警備！是軍人嘎？可能。只見六個身穿黑衣的人，穿著靴子；分兩行，有力的踏著步子過來。他們身前都掛著德制 MP5 小型突擊步槍。一個隊長，走在六人隊伍的旁邊。旅客安靜了很多，那兩個女人把職員的袖子更拉緊了一些。

「對不起，打擾了。」

隊長講話很客氣。

「根據機場規定。沒有飛機起降的候機走廊，夜間一定保持淨空。請你們立刻離開這裡。」

旅客們喧嘩著。離開？半夜快十二點了，去哪裡？公司還沒有解決問題呢！有安排旅館嗎？什麼時候飛機起飛？

「這些問題，我都不能回答。我不是航空公司人員。我的職責是夜間保持候機走廊淨空，保衛機場。機場不是航空公司的，是國家財產。我的任務是保衛國家財產。」

隊長的說話很和緩，甚至可以說是很溫柔。但是怎麼聽，都像是機器發出的聲音；理性而冷酷。公義麼。他代表著有法律支撐的公義，自然有條不紊，老神在在。更何況，他的右手食指，一直沒離開過 MP5 的扳機護弓。

女人是不怕這套的。她們很少見過很正的暴力，她們不了解暴力。幾個女人圍了過去，還要理論。那個被拉著袖子的男職員，似乎有了靠山，講話也開始清楚了。

「請大家先離開這裡嘛。我在嘛。我負責嘛。我們先去機場大

廳，好不好？航空公司的櫃檯也在那裡，不在這裡嘛！」

「不行！不相信你！」

「唉呦！祖奶奶。相信我吧。您這不是還拽著我嘛？」
男職員很會順藤摸瓜，竟然跟一個拉他袖子女人扯皮起來！一個十幾
歲的小女孩笑了。旅客們嘴裡還嘟囔著，但是情緒鬆動些。

「怎麼出去？帶路吧！」
老楊沒有理會這齣戲。他慢慢的挪過去，去看警備隊的槍。好槍啊。
有一段時間，MP5 跟 UZI 很較勁呢。老楊的眼睛落在他們腰際的彈
匣上，有兩個額外的彈匣。嗯。不錯。裝備不錯。彈藥才是重點。沒
有子彈的槍，只是根鐵棍子。大家跟著男職員離開候機走廊，警備隊
陪在旁邊。老楊還瞄著警備身上的裝備。唉呀！說到裝備，他忽然想
到：機場裡面這麼冷，怎麼沒有帶一床毯子下來呢？在機艙裡大家都
悶壞了，沒有人要毯子。毯子也不可以帶走。但是老楊不管這些，他
認為沒有帶毯子下來，是嚴重的錯誤！糟糕！裝備是一切！自己的裝
備都不能掌控好，談什麼掌控敵人？

進了機場大廳，裡面沒有幾個人。夜間起降的飛機很少，誰會跑
到機場裡來閒逛？況且，已經十二點鐘了。大家推著那個公司男職
員，到他的公司櫃檯前。沒有人！櫃檯人員早下班了！

「沒有值班人員嗎？怎麼回事？」

「你又騙我們！飛機什麼時候飛？怎麼安排我們住宿？」

「有的！當然有值班的！可能…只是離開一會兒。」男職員講。

「又騙我們！」

「騙我們！」

「沒有！這次我真的沒有騙你們！」男職員急了。

「嘎？這次沒有騙？前面你騙過幾次？」

大家又轟鬧起來。

「我馬上打電話。馬上叫值班的來。」

男職員拿出手機，撥了好幾次號。

「為什麼沒有人接？」

「我再撥。可能是線路忙，也可能是…」

「什麼線路忙？晚上十二點誰會打電話？告訴我們電話號碼！我們自己打！」一個粗氣的婦人講。

「好好好。我把公司幾個電話號碼都拿來。好嗎？我現在就去拿！」

男職員進了一個房間，有人想跟進去。

「不行！這個違反規定，犯法的！不要節外生枝了。你們不能進來。」那個男職員把要進去的人推開。

他進去以後，關上門，就再也沒有出來。旅客精明了，但是沒有那麼精明。他們沒有作戰的心理準備，只是一肚子的怨氣。那個男職員進去以後，從另外一個門溜走了。三分鐘後，在外面傻等電話號碼的旅客發現了情況，又被唬弄了！他們叫囂、搥門、踢倒門前面的盆栽。但是一切無濟於事。航空公司放了他們鴿子，他們，註定要在機場裡挨過一個夜晚；下雪的夜晚，吹著冷氣。

叫囂的旅客分成了三個小團體。各個小團體，都有不同的看法，也各有領袖。有人以為算了，太累了！折騰了十六個鐘頭。反正明天會解決，航空公司的人總不能不上班吧？大家出機場，自己找旅館吧。撐不住了。有人認為航空公司亂來，機場應該不會亂來。航空公司不管，機場總不能不管吧？畢竟大家都在機場裡，這是機場裡發生的事情。也有人認為要開始鬧事。鬧給別的旅客看，鬧給別的航空公司看。同時，繼續打電話給媒體。一定要給航空公司一個教訓，他們

怕鬧的；在經營利益的現實上，他們鬧不起事。一個團體走了，離開機場了。一個團體也走了，他們要去接觸機場的管理人員，要他們安排住宿。一個團體開始喊口號。夜間機場裡人很少，他們的聲音顯得很宏亮，還有回聲。

老楊沒有加入任何團體。他不信任航空公司，他也不信任旅客；他不信任那種臨時結合的烏合之眾和意見領袖。軍隊裡不是這樣，任何事情都要經過沙盤推演，反覆演練。這樣搞，不成事的。不成事的團體，不要加入。不成事的人，不要靠近。記得在軍隊裡，最怕遇見兩種班長。一種成天喊打喊殺，激動的不得了；那種人當兵就好，不要做長官麼。另一種看似深沉，以「不變應萬變」做幌子，其實草包一個，拿不出東西。跟這兩種人打仗，都會送命。

老楊沒有動，坐在原地的椅子上。周圍逐漸沒有人了。鬧事的人已經離開，他們要去其他的地方鬧。機場裡的空氣很乾淨，但是冷得厲害。也許因為大廳空曠，感覺上比候機走廊要冷得多。老楊的胃揪著，那是餓過頭的情況。他不怕這個感覺。但是，冷可能造成大問題。老楊抬起頭，看著機場的鋼樑結構；似曾相識啊。它們真像是樹木，把天空都遮蔽的樹木。熱帶叢林裡，樹沒有這麼高，但是行走很困難。低下頭看看，一排排的座椅，真像是小樹叢。小樹叢是很麻煩的。還好，有二戰的美軍開山刀，像斧子一樣。皮繩握柄，握柄上還圍著一整圈的鐵護手。帆布套子上印著 USMC。…老楊的胸口痛起來。真是三溫暖啊。凍了五個鐘頭，熱了十個鐘頭，現在？他看看錶，怎麼看不清楚？眼睛模模糊糊的？嗯。一點三十分。又凍了將近四個鐘頭了。

　　一台機場行李車，開過老楊面前。嘿。真像一輛 LTV 水鴨子！坐過的。可以裝一個班。搶灘不錯，上面還可以架兩挺 M60 重機槍。M60 的彈藥箱好啊。密不透氣，裝照相機和底片最好，防潮麼。咦？怎麼只有一輛？其他的弟兄呢？撤退了麼？我還沒有走啊！把我忘了。老楊看了看左右，覺得眼中的一切，都有一點不同。大廳裡的各個櫃台，像是碉堡一樣的矗立著。那些碉堡高啊。它延伸到屋頂，和高大的樹木聯成一片。碉堡裡有人嗎？有的話一定是狙擊手。那種槍都是單發的，完全不自動；每次發射都要拉槍機。上面有個小望遠鏡，裡面有十字線。真是百步穿楊；要打你的眼睛，打不了你的鼻子。不要動！盡量拉低姿勢，不要動。老楊下意識的把身子縮了縮。

　　真是一個人了。真冷啊。忘了我沒有關係，他們會回來的。特戰隊人少，感情深厚。記得兩棲訓練的時候，大家在海裏面漂著。沒力氣了，要沉下去了。遠遠看見馬達橡皮艇「嘟嘟嘟」的開過來，那種感覺真好。艇上的人拿著網球拍般的套環，經過一個人，就把他拉上去。有時候繞了一圈，有人沒給套住，還在海裡漂著；沒關係，橡皮艇會回來，一定要把大家都拉上去。老楊的手往前伸了伸，好像在抓什麼東西。

　　沒有帶毛毯下來是犯錯誤的！天氣太冷了。老楊慢慢轉頭，看著大廳周圍的巨大玻璃帷幕牆。外面的確是下著雪。並且，是一片一片的鵝毛大雪。這場雪從早上八點下起，越下越大。「好大雪！」老楊喝采一聲。哪裡有這種說法？《水滸傳》裡林沖在草料場說的嗎？真不記得了。小時候看的。那種書叫做「小人書」啊。哈哈。「小人書」！現在沒有人知道這種說法了！老楊哈哈的笑起來。不對！不能發出聲音！會讓狙擊手發現。老楊抬頭看那些碉堡。在哪裡呢？看不

清楚。他看見帷幕牆外的大雪，慢慢飄進大廳。喝！這場雪下進屋子裡來了。冷啊。大廳裡的鋼架，那些像是樹木的鋼架，現在看清楚了！是松樹啊。大雪配上綠油油的松樹，好看啊。不能大意！不能欣賞雪景！要帶著敵情觀念！松樹怎麼這麼綠呢？怪異！是偽裝的？蓋上了偽裝網？那麼，狙擊手也可能在樹上？被包圍了。

老楊把手放在胸口上。不舒服。但是，冷是更大的問題。不怕！弟兄們會回來的。也許，他們找不著我？對了。大雪天啊。沒事。主動聯繫。老楊把他的「拐拐」從右肩膀上取下來。這種東西好用，但是要少用。不保密，容易被攔截。他把「拐拐」放在耳朵旁邊，輕聲的說：

「狐狸狐狸。這裡是老鴉。」無線電傳出唧唧嘎嘎的聲音，沒有回答。

「狐狸狐狸。這裡是老鴉。」

「這裡是狐狸，老鴉講話。」對方回答。

老楊像是掉在泥沼裡的人，忽然踩到了底。他拿著無線電，緊張的說著。

「狐狸狐狸，我是老鴉！你們把我忘了！我現在被包圍…好多狙擊手，有在樹上的，有在碉堡裡的。天又下大雪…冷啊。」

「老鴉老鴉。我們會去找你。你一定要保命，要活著。單兵落單，要怎麼辦？」對方問。

「各自為戰！」老楊的眼神銳利起來，看著周圍。

「等著。有人要跟你講話。」對方說。

什麼人要講話？戰爭狀態呢？難道是高級長官？不會吧？有特殊指示麼？

「狗子啊？是狗子嗎？」

老楊沒有回答，拿著無線電發楞。機器裡那個聲音很熟悉，也很遙遠。

「…娘…？是妳麼？你怎麼在那裡啊？」

「在。我在。」傳來了和機器不相襯的溫柔聲音。

老楊哭起來了。這話老楊從小聽起。一句「在。我在。」和娘是分不開的。

「娘！真的是妳啊？娘。我很危險，但是部隊會找到我。…娘！我冷。」

「不冷。娘抱著。」聲音溫柔但是堅定。

「娘！我怕…這次過不去了。」老楊嗚咽著。

「不說傻話。在。要活著，要保命。乖。不多說了，還有人跟你說話。」

老楊把無線電拿遠一點，看著它。草綠色的無線電上，印著英文字，其中兩個 77，特別顯眼。怪啊！這個無線電怪啊！一片雪花落在 77 兩個字上，看起來好像 11。老楊用手把雪花拂掉，沒有錯啊。是「拐拐」啊。

「是爸爸嗎？」

老楊真的吃驚了。「拐拐」掉在膝蓋上。

「是爸爸嗎？」無線電還在響。

老楊看著那個無線電。沒有去拿它。

「是女兒嗎？」老楊顫抖著說。

「是我。爸爸你怎麼了？」對方說。

「沒事。我都很好。」一貫的父親聲調。

「爸爸。你冷嗎？」對方問。

「沒事。我不冷。小孩子好嗎？下雪，不要凍著。」一貫的父親聲調。

「不會的。會帶他來接爸爸。」對方說。

「欸！不要不要。小孩子…」老楊急了。

「爸爸。我會給你帶大衣。不要爸爸冷。」

老楊的喉頭甜了一下。女兒心裡還記著我的。老楊把無線電從膝蓋上拿起來，還想說話，還想跟女兒多說話。

「老鴉老鴉。這裡是狐狸。無線電靜止。記住，各自為戰，要保命。對錶！現在是…洞兩洞洞。」無線電靜止了。

老楊看錶。兩點整。對！要存活！要等著部隊來接我。雪更大了。老楊瞇著眼睛抬頭，雪花掉在他的眼睛裡。他看不清楚，只覺得一片的白。怎麼娘和女兒，會跟部隊在一起呢？老楊去找它的槍。槍不在！槍呢？槍是第二生命啊。怎麼把槍掉了？老楊摸摸他的戰術背心，腰帶附近，還有兩個彈匣。哼。沒有槍，子彈有什麼用？用來生火？好主意。沒有打火機，飛機上不准帶打火機。火柴？現在沒有人用那種東西了。再說吧。他揉揉眼睛裡的雪。拉拉戰術背心。管用的東西，就是不保暖。他苦笑了。

那些高大的碉堡還在，裡面的狙擊手也還在。老楊突然哈哈的笑起來。交叉火網麼？我老楊是甚麼東西，動用狙擊手形成交叉火網？沒有聽說過呢。交叉火網多半都是重機槍。用在海灘上，對付搶灘的陸戰隊。或者在開闊地，對付衝鋒過來的步兵。我竟然有這麼重要的地位？用交叉火網的狙擊槍對付我。老楊的笑聲停止了。難道是…情報？我的身上有情報？他皺起眉頭，想著他帶著什麼？沒有啊。我有什麼情報。老楊想不出他有任何情報。也許，班長把什麼情報放在我身上？對了！一定是這樣！情報官說過「最危險的地方是最安全的地方。不知道自己帶著情報的人，是最適合攜帶情報的人。」不要想這

個問題。不要找它！讓它在它該在的地方，最安全。…那麼，娘和女兒在部隊裡，是不是跟這個有關？不懂了。老楊使勁的搖搖頭，又去拉他的戰術背心，真是冷啊。生火不容易，應該找個地方避一避。但是那些狙擊手…

老楊的腦子裡閃過什麼，伸手去拿他的背包。背包很沉，他拿不起來。隔著帆布，他碰到一樣東西。長長圓圓的筒子，那是他的 66 火箭筒。這個班裡，只有他配著這個。小巧，有威力。可惜火箭和發射器是一個組件，只能發射一發。不行啊。那麼多狙擊手，只能打一個；然後，不就暴露自己了？他把手縮回來。拍拍他的背包。看看手錶。三點。老楊又想到他的娘和女兒。

就這樣。老楊餓著，冷著，睡著了。睡夢中，他看見一隻小羊。小羊對他咩咩的叫。小羊是那麼的小，小得走不穩。老楊蹲下去，摸摸小羊的臉。

「你知道我叫老楊麼？」老楊說。

小羊舔舔他的手。

「你的媽媽呢？」老楊問。

小羊的眼睛很大，睫毛很長，很好看。老楊去聞聞牠。還有奶味呢。吃奶的，味道都一樣。不管是人還是動物。老楊抱抱牠，小羊很溫暖。他想一直抱著牠。北方的羊好啊，綿羊。好吃啊。南方的確實不行，山羊，羶氣太重。所以都要加很多的中藥。說是進補，實際上是掩蓋味道。北方的羊沒有味道，大尾巴羊麼。那裡面都是油，像是個球一樣的尾巴。老楊去看小羊的尾巴。像個小球一樣。小羊又開始叫喚。

「你不要長大吧。長大了，好吃喔。說不定，我會吃了你。」老

楊說。

小羊看著他，老楊也看著牠。老楊沒有這麼近看過羊。他發現，小羊的眼睛大，睫毛長，但是，牠的瞳孔很細長。那個細長的瞳孔，和大眼睛長睫毛，不配合。那個美麗的眼睛，沒有神。甚至，還有一種怪異的感覺。老楊把小羊推開。他看見，小羊漸漸的變大，頭上長出角，角繼續長長，漸漸的向後彎曲。老楊嚇出冷汗，去摸他的 K-BAR。無線電開始唧唧嘎嘎的響。

「老鴉老鴉。這裡是狐狸。」

小羊不見了。夢裡的靉那溫暖和怪異食物，都不見了。

「老鴉老鴉。這裡是狐狸。」機器繼續發出聲音。

老楊揉揉眼睛，拿起他的「拐拐」。看錶，四點。

「我是老鴉！」他大聲喊。

「我們要來接你了。洞拐么勾。要準時準分。派了大飛機。」

「大飛機？這裡…山裡頭啊。下雪呢。」

老楊摸不著頭腦。

「情況不同。你能活著，就是完成了任務。大家一起來接你。」

「什麼大飛機？C–119 嗎？」老楊很迷惑。

「不是。C–47 運輸機。」

老楊瞪大眼睛，說不出話。C–47！那個飛機沒坐過啊。多想坐，沒坐過啊。長官坐的啊！

「它…怎麼起降…」

「這些是技術問題，有辦法解決。這樣說吧。你的存活率是 0。能夠活著，不簡單。我們已經給你報上去了。會來一個火力加強班的弟兄。連長也會親自來。」

老楊看看他的無線電，張著嘴巴，閉不起來。

雪更大了。頭頂的松樹，都成了白色。腳底下的小樹叢，也成了白色，像是一堵堵白色的小磚牆。老楊覺得他已經凍僵，腦子倒是沒有停下來。大飛機來接我？連長都來？C-47？怎麼降落呢？老楊抬頭，天空是黑的，下著手掌大小的雪片；除了黑，就是白。起風了麼？遮天的白色大松樹緩慢的晃動著，發出沙沙的聲音，像是張牙舞爪的大妖怪。碉堡裡的狙擊手，寂靜無聲。老楊能忍，他們也能忍。一定要撐過去。要來接了。不要再想對付狙擊手，不要再戰鬥。班長說了，能活著就是完成任務。不要動，安靜下來，不要動。不動才能節省體力，維持熱量。就要來接我了。老楊把眼睛閉起來，調慢了呼吸…

一台行李車又經過老楊前面，發出電池特有的雜音。老楊猛然張開眼睛！看錶，七點十九分整！來了！聽到飛機聲音了。雜音持續在他的耳朵裡轟轟響，而且越來越大。老楊轉頭，看見一架螺旋槳的 C-47 運輸機，停在松樹林的外面。那個飛機漂亮啊。聲音也不一樣。高級！比 C-119 好聽多了。機門打開，一個軍官出現。是連長啊。連長！我在這裡！我在這裡啊！連長對他招招手，向他敬禮。老楊立刻把手舉起來。怎麼可以呢？連長，怎麼跟我敬禮呢？唉。不管這些。現在重要的是衝上飛機，通過那些狙擊手！老楊蹲下，打開背包，拿出 66 火箭筒，把它的背帶纏在左手上。背上背包。右手拔出 K-BAR，叼在嘴裡。好了。要跑了。他剛起身，一枚子彈發出尖銳的聲響，打在他面前的雪地上！媽的。原來他們在等這個！距離飛機，估計有五十公尺，跑不過去了！老楊抬頭，看見連長比著手勢。對。不要跑，不可能的。利用地形地物，匍匐前進。他趴下去，開始在白色的小樹叢間緩慢前進。碉堡上槍聲大作，狙擊手一起開槍。打在地上，打在小樹叢上；激起好多雪片，濺滿老楊的臉和身體。慢慢

來，慢慢來，可以的。他伸右手，抬左腳；伸左手，抬右腳。嘿。這個是專長啊，一百公尺過硬！拿手的啊。十公尺…二十公尺…三十公尺…

咻！老楊身體一震，被打中了！打在腿上了！咻！咻！咻！…哎呀。連續被打中了！大腿、小腿、手臂、肩膀…老楊不覺得痛，只覺得麻。麻到沒有知覺，麻到不能動。糟糕。都是左邊中彈，這樣怎麼爬呢？爬不過去了。老楊心裡，出現害怕的感覺。要死了。就差那麼一步，就差那麼一步啊。連長來接了。對不起連長啊。老楊抬頭，看見機門裡，連長旁邊，站著他的娘！娘也來了！

「狗子！你過來。」

老楊沒有吃驚。現在不是吃驚的時候，現在不是有疑問的時候。娘在那裡！在等著我！只剩下一邊手腳管用，也要爬過去。我要見連長！我要見娘！老楊困難的把 66 火箭筒甩掉，把背包甩掉。把嘴裡的 K-BAR 用右手握著，刀刃向下，深深扎進雪裡。他發出長長的，動物般的聲音；靠著右手的力量，讓受傷的身體緩慢前進著，一吋一吋的前進著…他抬頭，連長和他的娘都著急地揮著手。老楊低頭哭了。先是抽泣，接著放聲大哭。

「不行了啊！連長！娘！不行了啊！…我沒有力氣了。我流了好多血。我要死了啊。對不起。我要死了。對不起啊。」老楊張著嘴，淚水滴在雪地上。沒有多久，他臉前面的雪地上，融出一個小水窪，水窪裡有倒影。一顆子彈打進小水窪，水窪不見了。沒有希望了！等死了！子彈繼續咻咻的飛過。他再抬頭看飛機。

「爸爸！加油！過來！過來！」有年輕女人的聲音。

老楊看見機門裡，除了連長、娘，還有他的女兒。是女兒啊。女兒也來了。

「爸爸！你過來！你看…你看啊！」女兒抱著一個小男孩。
是我的外孫嗎？是嗎？我看見我外孫了！我看見我外孫了！

「外爺。外爺。你過來。你過來。」
小孩稚嫩的嗓音，穿過狙擊手飛舞的子彈，顯得那樣清楚。老楊看著
連長，看著他娘，看著他女兒。最後，眼光停在外孫身上。

「外孫！外孫！你叫什麼名字啊？對不起啊。我忘了。你叫什麼
名字啊？我們沒有見過面啊！外公給你買了玩具。我們一起玩好不好
啊？」老楊掙扎著想站起來。

「好。外公你過來。你過來。」小男孩說。

「我過來！我一定過來！外公爬過來…你看外公爬得好不好啊？
你看啊！外公什麼都不會。就會這個！就會爬…你看啊…」老楊繼續
爬。

一顆子彈，悶悶地，「噗」的一聲，打中老楊的胸口，打在心臟
上。這一次，老楊感覺到痛…

後記

第二天的晚間新聞，「社會花邊」欄目，似乎提到了與老楊有關
的事情。播報員說：

今天凌晨，一個年老的旅客，死在機場的大廳內。可能是因為
中風，或者心肌梗塞，警方在他的背包夾層中，發現一個小塑
膠瓶，上面寫著 NTG 三個字，應該是甘油舌片。至於老人的
身分，警方正在深入的調查。老人死亡時，背包內的物件散落
一地；左手拿著小孩玩具，右手緊握著飛機上的餐刀。死亡
前，老人好像正匍匐著，爬向一塊有飛機圖案的廣告看板。老

人手中持刀，與爬向飛機圖案看板之間，有沒有特殊關係，警方感到興趣。同時，老人腰間，綁有塑膠袋，裡面有無色不明液體。在老人爬行過程中，液體流出，像是一攤血液，在身體的四周。…根據法醫研判，老人準確的死亡時間，是凌晨一點三十分。

　　老楊的女兒，在機場等了一天，沒有接到爸爸。第二天，她也沒有接到。因為，老楊死了。死在機場。女兒沒有帶孩子來機場，但是她帶了大衣。

附錄
部分小說發表情形
（按本輯編排次序）

〈葛家哥哥那些事兒〉　　《啄木鳥》（北京 / 2015 / 11 月號）

　　　　　　　　　　　《小說選刊》（北京 / 2015 / 12 月號）複刊

〈典獄長姓范〉　　　　《長江文藝》（武漢 / 2013 / 5 月號）

　　　　　　　　　　　《2012-2013 長江文藝優秀作品獎》入選

〈鳥面將軍來牽線〉　　《印刻文學生活誌》（台北 / 2010 / 3 月號）

〈九二鬧神明〉　　　　《印刻文學生活誌》（台北 / 2010 / 3 月號）

〈當劉宅好遇到阿旺〉　《印刻文學生活誌》（台北 / 2010 / 3 月號）

　　　　　　　　　　　《THE TAIPEI CHINESE PEN－當代台灣文
　　　　　　　　　　　　學英譯》（台北 / 2011 / 秋季號）複刊

〈投標〉　　　　　　　《國文天地》（台北 / 2012 / 1 月號）

〈今天晚上吃水餃〉　　《聯合報文學獎 2007》入選

　　　　　　　　　　　《聯合報》（台北 / 2008 / 1 / 16）

〈鬼怪的午餐時間〉　　《國文天地》（台北 / 2011 / 8 月號）

〈最後戰役〉　　　　　《長江文藝》（武漢 / 2012 / 6 月號）

　　　　　　　　　　　《北京文學－選刊》（北京 / 2012 / 8 月號）
　　　　　　　　　　　　複刊

王大智作品集　青演堂叢稿二輯小說　　9900A02

論劍閻王殿

作　　　者	王大智		
校　　　對	王大智		
發 行 人	陳滿銘		
總 經 理	梁錦興		
總 編 輯	陳滿銘		
副總編輯	張晏瑞		
編 輯 所	萬卷樓圖書股份有限公司		
排　　　版	林曉敏		
印　　　刷	百通科技股份有限公司		
封面攝影	王美祈		
封面設計	宋檣雁		

發　　　行　萬卷樓圖書股份有限公司
　　　　　　臺北市羅斯福路二段 41 號 6 樓之 3
　　　　　　電話 (02)23216565
　　　　　　傳真 (02)23218698
　　　　　　電郵 SERVICE@WANJUAN.COM.TW
大陸經銷　廈門外圖臺灣書店有限公司
　　　　　　電郵 JKB188@188.COM
香港經銷　香港聯合書刊物流有限公司
　　　　　　電話 (852)21502100
　　　　　　傳真 (852)23560735

ISBN 978-986-478-128-7
2018 年 3 月初版
定價：新臺幣 280 元

如何購買本書：
1. 劃撥購書，請透過以下郵政劃撥帳號：
　　帳號：15624015
　　戶名：萬卷樓圖書股份有限公司
2. 轉帳購書，請透過以下帳戶
　　合作金庫銀行 古亭分行
　　戶名：萬卷樓圖書股份有限公司
　　帳號：0877717092596
3. 網路購書，請透過萬卷樓網站
　　網址 WWW.WANJUAN.COM.TW
大量購書，請直接聯繫我們，將有專人為
您服務。客服：(02)23216565 分機 10
如有缺頁、破損或裝訂錯誤，請寄回更換
版權所有·翻印必究
Copyright©2018 by WanJuanLou Books CO., Ltd.
All Right Reserved　　　　Printed in Taiwan

國家圖書館出版品預行編目資料

論劍閻王殿 / 王大智著.-- 初版. -- 臺北市 ：
萬卷樓, 2018.03
面 ；公分. -- (王大智作品集) (青演堂叢稿.
二輯)
ISBN 978-986-478-128-7(平裝)

857.63　　　　　　　　　　　　107001281